日记背后的历史

樱桃时节

玛蒂尔德的巴黎公社日记 | 1870—1871年 |

Christine Féret-Fleury

〔法〕克里斯蒂娜·费雷-弗勒里 著

周莅濛 译

人民文学出版社
PEOPLE'S LITERATURE PUBLISHING HOUSE

著作权合同登记号　图字 01-2019-0618

图书在版编目（CIP）数据

樱桃时节：玛蒂尔德的巴黎公社日记 /（法）克里斯蒂娜·费雷-弗勒里著；周苡濛译. -- 北京：人民文学出版社, 2023

（日记背后的历史）

ISBN 978-7-02-018144-5

Ⅰ. ①樱… Ⅱ. ①克… ②周… Ⅲ. ①儿童小说－长篇小说－法国－现代 Ⅳ. ①I565.84

中国国家版本馆 CIP 数据核字 (2023) 第 133913 号

责任编辑　李　娜　王雪纯
装帧设计　李苗苗

出版发行　人民文学出版社
社　　址　北京市朝内大街 166 号
邮　　编　100705

印　　刷　凸版艺彩（东莞）印刷有限公司
经　　销　全国新华书店等

字　　数　86 千字
开　　本　890 毫米 ×1240 毫米　1/32
印　　张　6
版　　次　2023 年 5 月北京第 1 版
印　　次　2023 年 5 月第 1 次印刷

书　　号　978-7-02-018144-5
定　　价　39.00 元

如有印装质量问题，请与本社图书销售中心调换。电话：010-65233595

序

老少咸宜，多多益善

——读《日记背后的历史》丛书有感

钱理群

这是一套"童书"；但在我的感觉里，这又不止是童书，因为我这七十多岁的老爷爷就读得津津有味，不亦乐乎。这两天我在读"丛书"中的两本《王室的逃亡》和《法老的探险家》时，就有一种既熟悉又陌生的奇异感觉。作品所写的法国大革命，是我在中学、大学读书时就知道的，埃及的法老也是早有耳闻；但这一次阅读却由抽象空洞的"知识"变成了似乎是亲历的具体"感受"：我仿佛和法国的外省女孩露易丝一起挤在巴黎小酒店里，听那些平日谁也不注意的老爹、小伙、姑娘慷慨激昂地议论国事，"眼里闪着奇怪的光芒"，举杯高喊："现在的国王不能再随心所欲地把人关进大牢里去了，这个时代结束了！"齐声狂歌："啊，一切都会好的，会好的，会好的……"我的心都要跳出来了！我又突然置身于3500年前的神奇的"彭特之地"，和出身平民的法老的伴侣、十岁男孩米内迈斯一块儿，突然遭遇珍禽怪兽，紧张得屏住了呼吸……这样的似真似假的生命体验实在太棒了！本来，自由穿越时间隧道，和远古、异域的人神交，这是人的天然本性，是不受年龄限制的；这套童书充分满足了人性的这一精神欲求，就做到了老少咸宜。在我看来，这就是其魅力所在。

而且它还提供了一种阅读方式：建议家长——爷爷、奶奶、爸爸、妈妈们，自己先读书，读出意思、味道，再和孩子一起阅读，交流。这样的两代人、三代人的"共读"，不仅是引导孩子读书的最佳途径，而且还营造了全家人围绕书进行心灵对话的最好环境和氛围。这样的共读，长期坚持下来，成为习惯，变成家庭生活方式，就自然形成了"精神家园"。这对孩子的健全成长，以至家长自身的精神健康，家庭的和睦，都是至关重要的。——这或许是出版这一套及其他类似的童书的更深层次的意义所在。

我也就由此想到了与童书的写作、翻译和出版相关的一些问题。

所谓"童书"，顾名思义，就是给儿童阅读的书。这里，就有两个问题：一是如何认识"儿童"，二是我们需要怎样的"童书"。

首先要自问：我们真的懂得儿童了吗？这是近一百年前"五四"那一代人鲁迅、周作人他们就提出过的问题。他们批评成年人不是把孩子看成是"缩小的成人"（鲁迅：《我们现在怎样做父亲》），就是视之为"小猫、小狗"，不承认"儿童在生理上心理上，虽然和大人有点不同，但他仍是完全的个人，有他自己的内外两面的生活。儿童期的十几年的生活，一面固然是成人生活的预备，但一面也自有独立的意义和价值"（周作人：《儿童的文学》）。

正因为不认识、不承认儿童作为"完全的个人"的生理、心理上的"独立性"，我们在儿童教育，包括童书的编写上，就经常犯两个错误：一是把成年人的思想、阅读习惯强加于儿童，完全不顾他们的精神需求与接受能力，进行成年人的说教；二是无视儿童精神需求的丰富性与向上性，低估儿童的智力水平，一味"装小"，卖弄"幼稚"。这样的或拔高，或矮化，都会倒了孩子阅读的胃口，这就是许多孩子不爱上学，不喜欢读所谓"童书"的重要原因：在孩子们看来，这都是"大人们的童书"，与他们无关，是自己不需要、无兴趣的。

那么，我们是不是又可以"一切以儿童的兴趣"为转移呢？这里，也有两个问题。一是把儿童的兴趣看得过分狭窄，在一些老师和童书的作者、出版者眼里，儿童就是喜欢童话，魔幻小说，把童书限制在几种文类、有数题材上，结果是作茧自缚。其二，我们不能把对儿童独立性的尊重简单地变成"儿童中心主义"，而忽视了成年人的"引导"作用，放弃"教育"的责任——当然，这样的教育和引导，又必须从儿童自身的特点出发，尊重与发挥儿童的自主性。就以这一套讲述历史文化的丛书《日记背后的历史》而言，尽管如前所说，它从根本上是符合人性本身的精神需求的，但这样的需求，在儿童那里，却未必是自发的兴趣，而必须有引导。历史教育应该是孩子们的素质教育不可缺失的部分，我们需要这样的让孩子走近历史、开阔视野的人文历史知识方面的读物。而这套书编写的最大特点，是通过一个个少年的日记让小读者亲历一个历史事件发生的前后，引导小读者进入历史名人的生活——如《王室的逃亡》里的法国大革命和路易十六国王、王后；《法老的探险家》里的彭特之地的探险和国王图特摩斯，连小主人翁米内迈斯也是实有的历史人物。每本书讲述的都是"日记背后的历史"，日记和故事是虚构的，但故事发生的历史背景和史实细节却是真实的，这样的文学与历史的结合，故事真实感与历史真实性的结合，是极有创造性的。它巧妙地将引导孩子进入历史的教育目的与孩子的兴趣、可接受性结合起来，儿童读者自会通过这样的讲述世界历史的文学故事，从小就获得一种历史感和世界视野，这就为孩子一生的成长奠定了一个坚实、阔大的基础，在全球化的时代，这是一个人的不可或缺的精神素质，其意义与影响是深远的。我们如果因为这样的教育似乎与应试无关，而加以忽略，那将是短见的。

这又涉及一个问题：我们需要怎样的童书？前不久读到儿童文学评论家刘绪源先生的一篇文章，他提出要将"商业童书"与"儿童文学中的顶尖艺术品"作一个区分（《中国童书真的"大胜"了吗？》，载2013年12月13日《文汇读书周报》），这是有道理的。或许还有一种"应试童书"。这里不准备对这三类童书作价值评价，但可以肯定的是，在中国当下社会与教育体制下，它们都有存在的必要，也就是说，如同整个社会文化应该是多元的，童书同样应该是多元的，以满足儿童与社会的多样需求。但我想要强调的是，鉴于许多人都把应试童书和商业童书看作是童书的全部，今天提出艺术品童书的意义，为其呼吁与鼓吹，是必要与及时的。这背后是有一个理念的：一切要着眼于孩子一生的长远、全面、健康的发展。

因此，我要说，《日记背后的历史》这样的历史文化丛书，多多益善！

2013年2月15—16日

1870年1月1日

晚上9点了。小姑娘们都走了。她们在教室里玩了一整天。我动手收拾屋子，把她们散在地上的玩具（有破布片做的娃娃、硬纸片做的小人，还有隆尚爷爷——那个乌多街上的修鞋匠用已经露出稻草的破椅子脚为她们做的玩具小柱子）拾起来放到柜子里摆紧。有些姑娘梦想着精美的玩具，就像公主们玩的那些，和真人一般高的娃娃，穿着蓬蓬的公主裙，戴着羽毛帽，还有镀银铁环、红木小家具、陶瓷小餐具……可怜的孩子们，她们大概一辈子都见不到这些！但她们至少今天过得很快活，她们歌唱、欢笑、饱尝甜点，那是蒙马特①的区长克列孟梭先生派人送来的。她们在屋子里耍闹的时候，我看到窗外空空荡

---

① 译注：坐落于巴黎北部的蒙马特高地是巴黎的一个行政区。

荡的街道，禁不住打了个寒战。

我差点就死在这条街上了。

然而，我很可能还得回去。我心里知道，这墙不够厚实，根本保护不了我。人们的爱心也不够坚强。"像你这样的女孩……有成百上千……都是些坏种，你们尽管自生自灭吧！你觉得会有人在乎你们、会为了你们睡不着觉吗？"

是谁对我说这些恶毒的话？一个圣拉萨尔监狱的女仆？我不记得她的名字了，但我忘不了她的脸。她暗黄的长鼻子上面还长了一个肉瘤子。她很嫌弃我们，总是噘着嘴，嘴唇紧绷，傲慢十足。她只用手指尖碰我们，好像我们有传染病一样。

路易丝就不同了，她握着我的手，一点也不害怕。我经常看见她一边抚摸孩子们的头发，一边叹气。她老为孩子们的未来担心。她对我们总是很热情。现在，她已经很了解我了。

她对我说："玛蒂尔德，你是一只受到惊吓又冻僵的鸟，一只从鸟窝里掉下来的小小鸟……但总有一天你会展翅高飞，我向你保证。"

展翅高飞？但我总觉得，这害怕和寒冷会长伴着我。如果可以，我想永远待在这间屋子里。因为这儿有人收留我、照顾我，这儿让我觉得活着还有些意思……

∽

1月2日

巴黎下了场小雪。残雪挂在老墙的凸窗上。屋顶好像戴了一顶白帽子，丑陋与苦难被这场雪一盖，都看不见了似的。雪很美，可是……我们的柴火快没了。

"你应该向乔治先生去要。"米歇尔夫人在吃早餐的时候对路易丝说，"他不会拒绝你的。他有的是钱。"

"我不会乞求别人的施舍，"路易丝小姐干巴巴地答道，"乔治先生是个好人，不过我不想滥用他的友情。"

她站了起来，拍了拍双手。

"我们身上流的血是热的！如果我们活动起来，就不觉得冷了……今早不上课了！我们去打雪仗！"

场面肯定是闹哄哄的！想象一下，上百个3到12岁的孩子，叫着嚷着，奔来跑去……两个大点的孩子，还有我，得照看着他们，一会儿给这个系好围巾，一会儿帮那个穿好鞋子，冲他们大喊大叫，管教他们，最后弄得我自己头发也乱了，满身大汗……米歇尔夫人看着这乱糟糟的场景，向天空伸起双臂，做了个无奈的姿势；但是路易丝看着我们，眼神里满是宽容与慈爱。这些日子，她似乎比平时更加累。她脸色疲惫，双颊消瘦。她的黑色裙子满是缝缝补补的痕迹，脚上拖着一双巨大的鞋子。她的头发已经开始灰白了，她只有40岁，看上去却老得多。有时候，米歇尔夫人提醒她注意仪表，她就会耸耸肩说："让我打扮打扮？保养下？在帽子上加点装饰？可是你没看到吗？这一刻那么多人在受苦，在挨饿，在压迫之下呻吟！妈妈，你是个懂得料理自己的美人，可是我没有这个时间。"

确实，米歇尔夫人和她女儿完全相反：她一头金发，温柔丰满，非常喜爱打扮，总是系着一条上浆的围裙，戴着一顶镶蕾丝花边的帽子。她腰带上挂着一串钥匙，随着她慢慢悠悠的步子，叮叮当当地直作响。她识的字不比小班的孩子多，小班的孩子还写不来字，只会在岩板上用木棍胡画乱写。不过米歇尔夫人维持着学校的正常运行——做饭、打扫、修修补补，她还教我们针线活。听说她以前是一个城堡的女佣，路易丝小姐就是在那里出生的，和我一样，也是个没有父亲的孩子——这使我觉得我们更亲近了。没有人期待她的出生，她是一个卑微的女佣和城堡主人儿子间的激情产物。她和我一样是"私生子"。以前我在农户那儿住的时候，女主人的姐姐总爱拿这个词来辱骂我。

"我们能指望这种人变好吗？"她以前对我大喊大叫，"她们没一点规矩，还不要脸……这种东西是流在血液里的，你懂吗？"

流在我的血液里的？所以我应该对我的出生感到羞愧吗？路易丝是不是也得这样？可是她善良，慷慨，有教养。这些鄙视她的女人甚至都不配吻她的裙角。

———

　　就在刚才，我在小花园里走来走去，看管着孩子。他们正堆着一个雪人，小脸都被冻得红扑扑的。路易丝走了过来，她亲密地挽起了我的胳膊。

　　"你在想什么呢，玛蒂尔德，爱做白日梦的玛蒂尔德？"

　　我的脸红了。"我在想我遇到你那天的情景。"

　　她捏了捏我的脸。"别想了。想想将来吧！"

　　她没明白我的意思，她不想让我再想起悲伤的往事，不想让我因为卑微的过去而感到羞愧，但是这段回忆对我来说很珍贵。

　　自从我一年前学会写字，我只要一看到纸，哪怕是小纸片屑，也会拿过来在上面涂涂写写。写的都是些不打紧的东西：在街上听到的歌曲片段，在学校里学到的诗歌，所有在脑子里闪过的念头，以及一些思绪。不论找到什么书，我都拿来读。有些书实在太难了，每行都有生词，所以我总是在手边放一本连封面也已残破的字典。我把所有的生词都汇编成表，然后默默诵读。这些字词是我的朋友，它们带给我安全感；有了它们，我就能更好地理解这个世界。有时我甚至觉得，以前我还不会读书写字的时候，这些词就已经都到我脑子里了。它们在我的脑子里窸窣作响，就像潮汐。现在，我只要把它们表达出来就行了。有天晚上在教室里，我把包装纸展平了，用一支断笔在上面写字，这一幕正巧被路易丝撞见。她当时什么都没说，但是第二天，她送给我一本本子和一盒全新的羽毛笔。那是一本真真正正的本子啊，非常厚。这可是我收到的第一份礼物。在本子第一页的上端，我庄重地写下了我的名字：玛蒂尔德。为了铭记我所经历的一切和所有我感激的人，我要在这本本子上写下我自己的故事。

1月3日

我没有姓氏。我对自己的出生地也没有任何印象，连一幢小房子、一口教堂的钟或是一片小花园，哪怕是模糊的印象都没有，什么都不记得。在我的记忆里，母亲只抱过我一次，就是她把我抱到了儿童收容所的那一次。有很长一段时间，我都恨她。她对我来说只是个陌生人，她就这样把我丢在那儿，好像丢了一个累赘的包袱。长久以来，我总是独自反复咀嚼着这其中的苦涩。我常常问自己究竟什么地方让人讨厌，以至于她就这样抛弃我……直到有一天，我偶然看见有个小孩被遗弃。

这天，收容所里的一个姑娘带我去洗衣间，我是个大孩子了，所以大家已经开始教我做各种辛苦活。正当我们卷着袖子、拿着洗衣棍搅衣服时，有人把那个姑娘叫去查看一个小孩的性别。我正好可以休息休息，于是就高兴地跟在她后头一起去了。我们进了一间小屋。那是个很小的房间，里面有张小桌，两把椅子，一张铺着油布的行军床，床头上方悬着一个带耶稣像的十字架。那个打算抛弃孩子的母亲还在那儿：是个年轻姑娘，有个翘鼻子和一双温柔的蓝眼睛。她紧紧抱着一个婴儿，不停地说："我把她给你们，我没办法了……我没办法了。"

她一只手不停地擦着满是泪水的双颊，手指在满是红斑的脸上留下长长的灰印子。

有人问她："你为什么不要你的孩子？"

"我每天只挣20个苏。我没东西喂她。"

正说着，孩子哭叫起来，她把孩子转过来，利索地轻轻拍拍孩子的背。

"孩子父亲是谁？"办事员问。

她犹豫了一下，脸红了。

"一个士兵。"她最后还是回答了，双眼低垂。

"他们跟你说了没，我们会把孩子送走，你以后可没法知道她去哪儿了。"

她蜷缩起身子，哽咽声更加响亮了。

这时候，和我一起来的姑娘抱起孩子放到床上，手脚麻利地解开孩子的衣服去看看是男是女。

"是个女孩。"她说。

母亲焦虑地看着她。听她这么一说，突然跪倒在地，抓起孩子狂吻起来。办事员站了起来，一只手搭在她的肩膀上，缓缓说：

"既然你这么痛苦，干吗不留下她呢？"

母亲听到这话，猛然站了起来，用袖子抹了抹肿胀的脸，头也不回地走了。

"这些人总是这样。"办事员说，"她们哭得稀里哗啦，但跑得比谁都快……这些人没有良心，这些贱女人。"

听了这话，我真想打他一记耳光。他怎么能这么冷血，这么漠然？

从这天开始，我的怨愤平息了。我明白了，所有到这里来的女人们都是迫于生计，实在没有别的办法了。早上梳头的时候，我拼命回忆那个14年前把我带到世上来的人的脸。她是不是也和我一样，有深色的头发和眼睛？我捏了捏我的脸，让它有一点血色。她是不是和我一样脸颊苍白呢？谁是我的父亲？一个士兵，一个流浪汉，还是一个普通市民？我永远都不会知道答案。

"你很幸运，玛蒂尔德。"一天，路易丝跟我说。

"为什么？"我惊讶地问道，内心有点受伤。

"你对于你的父母一无所知，你是一个全新的造物，没有过去，没有什么传统可以继承。想象一下，如果我们国家的人民，都是像你这样的人，那么，一切都将重新开始。你们会建立起一个更加公正的世界。在那个世界里，人是凭自己的能力而非出身获得尊敬的。"

她将羽毛笔搁在记事本上，她在上面写满了漂亮的字。

"你看，我总是那么矛盾，我渴望光荣，我也热爱人民……以前在弗龙库尔①城堡时，我是被当作大小姐那样养大的，我被很多人宠爱着，我叫他们'爷爷''奶奶'。我有最好的老师，我学跳舞、学钢琴。我喜爱文学，许多人都鼓励我实现自己的文学梦。我还在那儿过惯了舒适的生活。但这种生活不是我命中注定的，我只是短暂地借用了一下，就像借来一条漂亮的舞裙参加了一场舞会……回到现实是那么的残酷。我曾梦想自己是女文学家，被大家崇拜，被众人

① 译注：法国默尔特-摩泽尔省的一个市镇，属于南锡区韦泽利斯县。

11

赞美……但现在，我只是一个蒙马特区的小教师。"

她笑着挽起了我的胳膊。

"但我没有遗憾。至少，在这里我是有用的。但是我看到那么多的苦难和不公……到处都是腐败的当权者，人民遭受各种苦难！那些有钱有势的人生活奢华，叫人震惊！这一切都必须结束，玛蒂尔德。我们的国家现如今是一片死寂，像是一个巨人在沉睡，但是即便如此，无数的生命仍然在这死寂之下蓬勃生长着。很快，会有一个声音响起，它会超越国界地大声疾呼，呼喊出所有不幸之人的诉求。"

1月4日

昨天晚上，我趴在我的日记本上沉沉睡去……整个上午，我连一分钟都不得空。我要看管最小的孩子们：叫他们不要浪费食物；在课间休息的时候，得一直看着他们；把摔倒的孩子扶起来；劝开吵架的孩子；哄那些哭闹的孩子……我还得抽空帮着一起做饭，帮着打扫台阶上的积雪，还要跟着路易丝上课。今天，她教我读雨果①的诗，雨果是她十分崇拜的作家：

> 共和国建立至今已有 14 个年头，
>
> 人们抗争于海洋、抗争于山丘，
>
> 百场胜利将百个名字抛向风中，
>
> 巨人即将崛起！
>
>
> 璀璨的黎明马上就会要出现，
>
> 他们站立了起来、吹响了号角，
>
> 原本平凡的人一瞬间光彩夺目，
>
> 名字响彻云霄！

路易丝曾经和维克多·雨果互通信件，她还给他寄过她最初的文学试写稿，即一些诗作。

"你见过他吗？"我问她，"他是个什么样的人？"

她的脸上闪过一丝阴影。

"他是一个伟大的人。"她简单地回答。

我知道她不会再多说了。

---

① 译注：维克多·雨果，法国浪漫主义作家。

　　我还是继续讲自己的故事吧。我是一个被遗弃的孩子，我生命中最初那些年是在收容所度过的，那里的房间宽大阴冷。我还记得那里长长的宿舍房间，全部一模一样的洗脸盆，两旁放着巨大的陶水壶。冬天早晨，洗脸之前，必须把前天夜里在盆里结起来的薄冰打碎。婴儿们在小铁床里睡觉，床上的铁栅栏使他们活像被关在牢房里。收容所的门梁上写着这样的字："我的父母将我遗弃，但是有主照料我。"一进房间，难闻的发酸的奶味，还有腥臊的尿布味扑面而来。

　　照顾我们的那些女人大多不坏，她们很多是来自布列塔尼①或是奥弗涅②的农民。她们在这里工作是因为没有更好的地方可去，她们在这里赚不到多少钱，只够自己吃穿而已。其实这里的活很累人，她们干得

————————
①　译注：法国西部的一个地区。
②　译注：法国中部的一个大区。

累了，就朝我们脸上打耳光。她们把我们排在长凳上坐好，我们每个人都穿着蓝色的罩衫。

我们必须安安静静的，否则就要遭殃！有些孩子很快就死了。人们说医生们不停地在探究是什么怪病夺去了他们的生命，但是我觉得孩子们只是死于忧愁和烦恼。

5 岁前，我脖子上一直戴着一条项链。上面有 17 个白色橄榄，还装饰着一块刻有圣文森特·德·保罗①头像的金属块，上面还有我的注册号。这个明显的标志把我和其他孩子区分开来，其他孩子是指那些"寄养"在这里的孩子：他们的父母生病了或是进了监狱，在一段时间内没办法照看他们。这些孩子是我们中间的一小群贵族，他们免不了要欺负我们。

8 岁的时候，人们把我送到乡下农民家里去了（在

_____

① 译注：法国罗马天主教神父。

萨尔特省①）。收养我的农民会收到一笔钱来供养我，要是送我去学校，他们还会有一笔额外的奖金。但是这些农民不认为读书有用。对他们来说，用来阅读的一个小时就是被浪费掉的一个小时。所以我从来没有踏进过教室的大门一步。我被使唤去做各种杂活：把火鸡和鹅赶到田里去啦，编草筐、扫地、洗盘子啦，给奶牛喂干草，给收割的工人们带饭啦……我那时过得还算不错，因为收养我的女主人，虽然脸色总是不大高兴的样子，但人不坏。我饿了就有饭吃，公共救济中心供我穿衣，我每年都有一条新袍子和一顶新帽子。这些衣服虽然背上有点磨坏，可是并没有农户家的小孩来把它扯坏，要知道这种事情在那时也是很常见的。

可是，女主人死后的第二天，我的厄运便开始了。整个冬天，她都在咳嗽，一天天地衰弱下去，也没有

① 译注：法国卢瓦尔河地区大区所辖的省份。

叫医生来看病。为了省钱，这些人对自己比对别人还要狠。我已经尽心尽力去照顾她了，同村的一个村妇还给了我一些草药。后来，在一个春天的晚上，天气突然转暖了，我们住的屋子周围的小花都盛开了。她叫人把她背到屋子前面去，放到被太阳照暖了的石凳上。她闭上眼睛，脸上展开一抹微笑。"闻起来真香。"她说。说完，她的身体就朝一边倒了下去。她死了。

男主人是个粗鲁小气的农夫。一直到那时，他还从来没有折磨过我，因为那时候，就拿他自己时常咕哝着骂我的话来说，我"是他老婆的跟屁虫"。现在我的保护人不在了，他没什么好担心了。我本来睡在阁楼的小房间里，很快，他就把我赶了出来，让我睡在牲畜棚里。我得干最苦最重的活，铲粪池、把重重的床单扛去洗——那些床单厚极了，我一个人怎么也拧不动。我还得帮着收割草料，同时照料屋子里大大小小的事。只要他有一点点不满意，耳光就朝我脸上打过来。很快他又得寸进尺：只要看到我有那么一刻得闲，他就用鞭子抽我，或是用手杖打我的腿。但是最糟的事情还在后头。一个冬天的晚上，他酒喝多了，跟着我来到牲畜棚里，想要扯下我的衬衣。我再也受不了了！随手拿了样东西就朝他打去，那是一张挤奶凳。他一下子就倒下了。

我不知道一个普通人家的女孩能否想象我当时的恐惧：我杀了一个人！人们会把我抓起来、让我偿命的。当时的景象实在太吓人，我根本不敢靠近尸体，连夜就逃走了。我把所有的行李背在身上，其实也就只有一些衣服：一件已经被撕坏的衬衫，一条裙子和一件薄薄的上衣。当时正是12月，天冷得连石头都要裂开了，我却还光脚穿着木鞋跑着……

1月6日

那天晚上，正当我要记录生命中最黑暗的日子的时候，蜡烛熄灭了。于是整个晚上，我都在床上翻来覆去地睡不着。我似乎感到自己仍然躺在壕沟里，石头顶得背生疼；我已经捡了很多干草盖在身上，可还是冻得直发颤。我当时没给冻死真是个奇迹！乡民对流浪的人一点也不友好。当我来到某个农庄问问有没有零工可做时，人们把我赶出来，还放狗来追我，他们看着我被追着跑的狼狈样，乐得哈哈大笑。我越走越远，有时能讨到一些面包皮，但从来没有一扇大门敞开来迎接我。我在田野里刨过土豆、冻坏的萝卜，捡过快烂的甜菜和枯叶，能找到什么就吃什么。饥饿已经快把我逼疯了。为了生存下去，我学会了在货摊上、粮仓里、堆货房里小偷小摸。有一次，我遇到一个运货人，他喝得烂醉，在座位上呼呼大睡，货车翻倒在路边。我那时没别的法子，只好去翻他的东西。在车上，我找到一块马鞍布，可以把自己裹起来。那布料很硬而且气味很大，可是十分暖和，我已经好久没有这么暖和了，我当时都差点哭了起来。我实在不忍心把那人独自留在那里，于是就告诉了隔壁村庄旅店里的人，说完我自己马上就逃走了，生怕别人来追问。

❧∾∽❧

　　慢慢地，我离巴黎越来越近。好像是一种本能推着我走近它，推着我走向这座巨大的城市。那里没有人认识我。我还不知道在巴黎怎么生存下去，我只是靠意志力支撑着到达这个终点，我只是想快点结束这趟疲惫的旅程。我想让自己消失在大街小巷组成的迷宫里，投身于拥挤的人潮里，让自己消失、被所有人遗忘。

1月的某天早晨，我到了巴黎市郊，那天正好是两年前的今天。那天天气十分寒冷。我裹着马鞍布走着，双脚已经被我从货车里偷来的大号木鞋磨破了，我只得用破布片裹住双脚。我瘦极了，衣服破破烂烂的，浑身脏得吓人。看到我这个样子，没人会想要雇我干活的。我拿出一些从喝醉车夫身上偷来的钱，在一家旧货店里买了一身合身的旧衣服。我准备到一个喷泉边上把自己洗干净，然后去找一家职业介绍所，就说自己是从外省来的孤儿，有什么活我就做什么，不管是厨子还是女佣，大概也找不到更好的工作了。这就是我的计划，我马上就可以正正当当地活着了。但是我一进城，就遇到两个大男孩，他们笑我长得丑，把我绊倒在了臭水沟里。我摔下去的时候，兜里仅有的几个法郎从我的口袋里滚了出来。那些孩子很高兴有这笔意外收成，他们捡起来冷笑着走了。我站了起来，浑身疼痛，从头到脚沾满烂泥。我扶着小酒馆的墙壁，沮丧极了，要是没有这墙，我就要晕倒了。我所有的希望都没了，只剩下死路一条。

1月7日

今天是星期天。路易丝不去教区的教堂做礼拜，她母亲倒是回回都去。路易丝于是邀请我一起去巴黎市内逛逛。我高兴地跑去拿帽子，但是临出门了，我又犹豫起来。

"走吧，玛蒂尔德，"她责备我，语气却很温柔，"没有人会吃了你的。你不能老是待在院子里，围着同一棵树打转！"

她抱住了我的肩膀。这个坚定的拥抱给了我一点勇气。

"小姑娘，要勇敢地面对这个世界！来，我带你去看新剧院。那个建筑可难看啦，但是你看了会发笑，那能让你乐一乐！"

我们出发了，手挽着手。在路上，我们看到很多人在散步。这几年，巴黎成了一个大工地，有各式各样的景观，喜欢散步的人在巴黎有许多地方可去：有天主圣三大教堂和圣奥古斯坦大教堂、火车站、新建的林荫大道、里沃利大街——街上有许多奢侈品店，叫人看了头昏！到处都在凿呀，挖呀，拆呀，砸呀，就为了造新东西。我们路过一个大坑，那坑边上还留着一所简陋房子被拆毁后的残迹，路易丝看了直摇头。

"我知道为了避免霍乱在巴黎的蔓延，这些工程是必要的。但是，我不能不想到穷人又要没有栖身之地了。有人为他们考虑过吗？奥斯曼男爵①宣称这些

---

① 译注：乔治-欧仁·奥斯曼男爵，法国城市规划师，因获拿破仑三世重用，主持了1853至1870年的巴黎城市规划而闻名。当今巴黎的辐射状街道网络的形态即其代表作。

建筑工程是行善的，因为建筑工人因此有了工作。但他对于他们可怕的生活状态却只字未提。"

这时，我的视线被一个穿着蓬裙的优雅女士所吸引，她的双手拢着一个小小的天鹅绒手笼，上面有金色的饰带。路易丝见状说：

"大家都爱去新开的大商场，乐蓬马歇百货公司、卢浮商场、春天百货，那里面什么都有，裙子、玩具、鞋子……但是这些用金钱堆砌起的店堂会让多少诚实的小商人没有生意做啊？玛蒂尔德，如果你知道卖这条裙子的售货员每天要站 15 个小时，只拿到一点点微薄的工资，还有人监督着她，让她一刻也不能坐下，你还会去穿这样一条裙子吗？"

她的脸色很痛苦，她握着伞柄的手指从手套里露出来，蜷曲着。

"您没法拯救所有的苦难。"我轻轻地说，"您也该照顾照顾自己……"

她摇了摇头，眼角闪着泪花。

之后，我们再也没有欣赏街景的心情了。但我们还是沿着新剧院大道一直走到了新剧院，那是年轻的建筑师夏尔·加尼耶设计的。路易丝说得对：虽然还没有完成，但它已经像极了一个盖满奶油和糖霜的大蛋糕。雕塑，穹顶，柱子，没完没了！我觉得它能容下两千个观众，而且还不觉得挤！

"人们管这种风格叫'拿破仑三世风格'。"路易丝做了一个鬼脸说，"这可真形象……就像他本人那样铺张浪费，浮夸自负。"

我们后来坐公共马车回去了。我累极了，到了房间倒头就睡。我明天继续讲我的故事。

1月8日

对于那些在巴黎的污泥中度过的日日夜夜，我该说什么呢？我想要忘记那段日子，但是每晚，在噩梦中，我又回到了过去，寒冷，饥饿，恐惧……还有继续小偷小摸的生涯。为了不再整日挨饿，为了能有地方睡觉，我只能偷东西。巴黎美丽的一面，我一点都没有看到，我整天只待在小巷和后院里。走上一条林荫大道，看到路人们和我擦肩而过时脸上嫌恶的表情，或是警察一闪而过的身影，我都想赶快逃开。有一次，我看见一家十分亮堂的面包店，面包闪着金色的光泽，蛋糕裹着粉红色糖霜，诱人极了。店员是一个围着上浆围裙的年轻女子，她十分耐心地站在柜台里面，有两个孩子在柜台另一面争着看。一个小女孩，大概比我小两岁，用手指着一个松饼，犹豫了一会儿，又摇了摇头，她头上的缎带随着她的动作飞舞，她最后要了一个奶油水果馅饼。她的母亲宠爱地对她笑着，打开了一个皮质的钱包。

为什么？为什么是他们，而不是我？我到底做错了什么？而他们又究竟在哪里比我高了一等？为什么我们的命运会如此不同？我满怀忧愁地走开了。

第二天，我因为偷了一个面包被抓住了，被带往了"拘留所"。

"拘留所"是一种临时性的监狱，囚室里面乱七八糟地聚集了乞丐、醉鬼和不法分子。囚室分为一间男子囚室，一间女子囚室。里面和街上一样寒冷，放在角落的公共尿壶把囚室熏得臭烘烘。我在里面待了几个小时，然后一个好心肠的警察可怜我，让我进了办公室，靠近一个火炉取暖。晚上，我睡在床垫上，我拿到一件羊毛大衣当被子，我已经很久没有感到这么舒服了。第二天，我们坐囚车去接受审讯，在那儿我和许多女人关在一起，她们大部分是妓女。第三天，我们穿过一条阴暗潮湿的走廊，被带往检察室，在那里接受审问。

我被带进一间狭小阴暗的房间。墙上贴着暗绿色的墙纸，有几处都脱落了；房间桌子上散乱着一些纸张，桌子后面坐着一个面色严肃的男人，人们叫他检察官。他问我的名字，我随口胡诌了一个，他猜到我是乱说的。他抬起沉甸甸的眼皮，厌倦地看了我一眼，然后在他面前的纸上画了一个押。

"你可以走了。"他说。

警员把我带往门口，他又说："这个寄生虫就像我们在阿尔及利亚看到的蝗虫一样，只知道破坏，一点用也没有。"

1月9日

寄生虫！听到这个词就像挨了一巴掌。其实，我还听到过比这个更难听的。那是我被关在圣拉萨尔监狱，被"重新改造"的时候。当时我就知道在成年之前是出不去了。不幸中的万幸，我和一群接受"父母管教"的女孩子们关在一起，她们待在那里，是应了她们的父母或是监护人的要求，这样我就不用和普通罪犯待在一起了。我们白天都待在一个工作间里，晚上被关在分隔开的囚室里。就是在那里，我领会了一个之前我从来没懂的词：私密。整晚，我都和我的思绪、我的梦和我的希望单独相处。我经常哭泣，但是没有人会来嘲笑我。从那个时候开始，我有个愿望，就是把自己的想法写下来，虽然我连一个单词都还不会写！没有人关心我们的教育，圣约瑟夫姐妹，就是负责看管我们的人，连话都懒得和我们说。

因为我对针线活一点也不在行，而且我的体格能承受更粗重的活，我就被派去洗衣房工作。我从来没看到过这么大一幢楼，里面满是忙忙碌碌的人。全巴黎罪犯穿戴的衣服都是在这里手工制作的：被子、外套、裤子、衬衫、床单、袜子，约束衣①，还有用来包裹死刑犯的裹尸布。这儿的人一年一度把最破的衣服卖掉，医院会来买旧衣服做纱布，造纸商要麻布，羊毛长褂子也是抢手货，它们会被拆掉然后重新做成便宜的布料。

"管事人的油水是从压榨我们得来的！"法内特是和我一起干活的洗衣工，她经常这么说。但是我们呢，我们的饭菜里可不大见得到油水。

没错，给我们的饭菜都很寒酸：一天 500 克的面包，一碗有干菜、菜豆、扁豆、蚕豆的杂烩，一周能吃到两次肉，每次量都很少。不过我不抱怨，虽然不是饿了就能吃饭，但至少我每天都有饭吃。工作很繁重，但我也还能承受。我也不怕寒冷和肮脏。但是，我受不了别人的蔑视。对于制衣间的监工来说，我们

---

① 译注：约束衣，主要用于犯人、精神病患者，或因病症、疼痛而发狂的人。

根本不是人，只是一些让他们尽力压榨的肉团。辱骂和拳头时常像雨点般砸过来，我们不能反抗，否则就会被关进单人牢房。单人牢房是监狱中的监狱，就算是最固执的人，只要进了里面，出来的时候也会温顺得像小绵羊。有一天，塞莱斯蒂纳，一个十分消瘦的孩子，被关了进去，就因为她咳嗽时咳出的血沾上了新展开的衣服。就在这一天，我决心要逃走。

1月10日

天气突然暖和了起来，雨水不停地敲打着窗框。在院子里，我们得蹚着水走路，因为升起了大雾，高地也不显得高了。这场大雾让我想起了离开圣拉萨尔监狱的那天，那天我躲在一个要运出去的衣物包裹里。藏身在里面对我来说倒不是什么难事，只是怕监工在运货车出发之前发现我不见了。法内特知道我的事，她对外就说打发我去找一些蓝线球，要用在主任穿的衬衫上。

"所有人的洗衣粉都不够洗他的衣服。"她向大家打趣，"不得不说，富人的皮肤比我们的嫩多了！"

她成功地转移了人们的注意力。那天，和以往一样，监工粗暴地转了一圈后就匆匆走向了洗衣房，那里有一个助手打翻了一盆滚烫的水。我躲在衣服堆里，大气也不敢出。终于，我感到一双结实的手臂把我抱了起来，接着是一些碰撞声，之后我就听到了车轱辘转动的声音。车又停了，我们到了大门口。我再次屏住了呼吸。有时候门卫会搜查包裹，甚至会用长矛刺装着干菜的袋子。我之前忘了还有这回事，现在只得慌忙蜷缩起身子，等着刀片刺来。不过他们大概不想弄坏商品，只是稍稍摇了一下袋子。司机和门卫开着玩笑，大概讲了3分钟不到，这段时间对我来说却十分漫长。终于，我听到了拔掉门闩的声音，钥匙声，包铁的车轮滚在石板路上的声音。出去了！我终于出去了！我决定等车子拐过两三条路再下车。我慢慢爬出让我窒息的羊毛衣服堆，偷偷向外瞟了眼……路上没有人。车夫在椅子上大声唱着歌。当车驶过一段漆黑的门廊时，我溜出了衣服堆；一会儿，我就落在了门厅里，安全了……

安全了。可是能安全多久呢？我还穿着囚服，肯定会被发现的。而且现在我要做什么？去哪里呢？我脱掉头巾和围裙，把它们丢在排水沟里。我打量着周围，小路两边都是又高又暗的房子，窗户外面挂着破旧的衣服，掉漆的墙壁间散发着一种难闻的剩菜剩饭味。我正准备要走，却突然看见一条鲜红色围巾和棕色羊毛长头巾，晾在一所房子门前，这房子和其余的相比整洁许多。我可以用这些东西来遮住那让人羞耻的囚服！

当时我还不知道，这是我最后一次偷东西。

1月11日

今天的课刚上完，我正帮着一个感冒的小女孩系围巾，路易丝的朋友泰奥菲勒·费勒，就像一道闪电一样走了进来。

"你明天去参加葬礼吗?"他连招呼都没有打,就劈头问道。

路易丝茫然地把正在改的作业本推开。

"葬礼?"

"什么?你还不知道?整个巴黎都在说这件事!"

他兴奋地边说边比画着。我禁不住要打量他。他长得很丑,可是他很逗!就像一个木偶:又高又瘦,说话的声音像笛声,鼻子像锅脚,头发乱糟糟的,鸭舌帽一直压到眉毛根。他在公证处工作,但是他更关心政治。路易丝是在小说家乔治·桑的家里遇到他的,他当时毫不顾忌地批评当权者、教堂以及资产阶级社会。据说,因为他太张扬,毫不掩饰自己的观点,警察已经监视他了。

"维克多·努瓦尔被杀害了!"

路易丝挑起了眉毛。"维克多·努瓦尔?他是谁?"

"一个记者。这个记者的朋友帕斯卡尔·格鲁塞,本要和皮埃尔·拿破仑·波拿巴亲王,你知道,就是'那个人'的侄子,为了一篇在《马赛曲报》上发表的文章决斗，他们邀请他去做见证人。"

"然后呢？"

"他到了位于奥特伊①的波拿巴的家里……罗什弗尔②向我讲了整个事情的经过！亲王那时候正在客厅里，穿着睡衣，但是他在衣兜里放了一把上了膛的手枪。很奇怪吧，是不是？他直接对着维克多和陪他一起来的另一个人开了枪，后者没有受伤。去看看罗什弗尔的文章！刚刚刊登！"

他展开报纸，读了起来：

"我曾经天真地以为波拿巴不会是杀人犯。法国被这些暴徒玩弄于股掌之间已经 18 个年头了。他们不单单是在街上射杀共和党人，而且还设下卑鄙的陷阱，在家里射杀反对他们的人。法国人民，难道你们觉得这些罪行还不够吗！

"路易丝，明天我们大概会有一万人，而且都有武器！也许在这场葬礼之后，我们会有一个共和国！人民终于要扑向这帝国猛兽的喉咙！"

———————————

① 译注：巴黎最富裕的住宅区之一。
② 译注：法国小资产阶级政治家，法国 1870 年 9 月 4 日共和派政变并建立共和国，就是依靠了罗什弗尔的声望。

路易丝站了起来，浑身颤抖着。

"我要加入你们！"

过了一会儿

我睡不着。眼皮一合上，就看见一大群的人，叫喊着，高唱着，拥向巴黎的城墙，在人群中间，路易丝被推搡着、被践踏着，好像要被杀死。我不想要她死！我永远无法忘记，当我饥寒交迫，四处游荡，没有栖身之所的时候，是她第一个向我伸出了手。自由的滋味其实十分苦涩，因为我一无用处。从圣拉萨尔监狱逃出来两天后，我什么都没有吃，寒冷让我一刻也无法合上眼休息……我只是固执地一直走。我可能会就这样一直走，最后僵直地倒在排水沟里。我完全不看道路的名字，甚至不知道我现在在哪里……突然，我的注意力被两个身影吸引，她们在冬天的晨光里急匆匆地走着，背着很多东西。

"当心，妈妈，"其中一个年轻点的女人说，"你踩到你裙子的卷边了。要撕坏了。"

34

年纪大些的女人把背包卸下，弯下腰来。

"你有别针吗？"

年纪大的女子笑了起来。

"当然没有！你了解我！你要什么，我就没什么！"

我走近她们，没在意她们说了点什么。从背包的开口里，我看到圆面包散发着诱人的光泽。面包！我咽了咽口水……我太饿了！这两个女人正背对着我，我能偷一个面包然后马上逃走。我伸出了手。

"别拿，这面包太硬了。"

我吓了一跳。其中一人转过身来，严肃地看着我。我刚要跑，但是她笑得真诚又坦率，我就不动了。

"你要知道，"她对我解释说，"这是昨天的面包。我们把面包店转了个遍，好不容易才买来的。这要留着喂我们的小鸟。"

"你们的小鸟？"我重复了一遍，不太懂她的意思。

"我是乌多路上一所学校的老师，学校离这里不远。我们的大多数学生都吃得不好，我想至少每天给他们做一顿像样的饭。这面包虽然硬了，不过把它们切成小块，然后泡在牛奶里或者汤里，可好吃呢。"

她从头到脚打量了我一遍。她没有辱骂我，也没有大喊大叫让整条街的人来看我洋相，我可真喜欢她，我呆呆地站着不动。

"一两顿这样的汤不会对你有坏处的。"她说，"还有一张够暖的床。跟我们来吧。"

另外一个女人，那是米歇尔太太，年轻女人的母亲，抗议道："又来一个？我们现在都已经顾不过来了，你还……"

"我知道我在做什么。妈妈，要跟从你的心灵而不是你的钱包。"

她拉起了我的手，我就这样跟她走了。

1月12日　清晨

我昨晚整晚都醒着。凌晨2点的时候，我听到了教堂敲响两点的钟声，百叶窗嘎吱作响。我点起蜡烛，然后起来把百叶窗关上。在重新钻进被窝之前，我看到了自己在窗玻璃上的倒影：那是一个开始长个子的女娃娃，穿着白色的睡衣，头发编成辫子。"这件睡衣，就像其他你的东西一样，"我对自己说，"都是她给你的。她给你食物，她给你温暖。她教你读书写字，每天她都教一些自己的学识给你。那你呢，你能做什么来感谢她的慷慨？你就躲在这间屋子里，像一只被追逐的动物。就连去街角的杂货店，你都要犹豫，你害怕被人认出来然后重新被抓走。连见到一眼警察的斗篷，你都要发抖……懦夫！胆小鬼！你现在只是教了几个小孩子在石板上用小棍子写写画画，你就觉得自己是有用的人了吗？"

我对着自己的倒影，伸了伸舌头，但是做鬼脸也没有让我笑出来。我心头十分沉重。害怕，羞耻，想要报答救了我的路易丝的愿望——我也分不清到底是哪种感觉，让我的心沉甸甸的。

6点了，街上开始有了动静。很快，卖玻璃的人就会经过，他会叫卖："玻璃！橱窗！"然后会是磨刀工。我已经听到了牛奶罐子晃动的响声。外面天仍然是黑的。如果能躺在被子里，闭上眼睛，不用管外面的世界，一直躲在这温暖封闭的屋子里，该有多好啊。不，我没有这个权利。我不想再躲藏了。

我已经决定了：一会儿，我要陪伴路易丝去参加那个记者的葬礼，他叫什么来着？维克多·努瓦尔。

1月12日　夜晚

我们9点钟出发去坐公共马车。路易丝穿了男人的衣服，也命令我这样穿。

"这样的话，万一有需要，你跑起来更方便。"她神神秘秘地说，把她平时锄花坛时穿的长裤拿给了我。

"跑？"我不明白地问，"我们不是去参加葬礼吗？"

"你去了就知道了。"

⊙

在奥特伊，人群聚集在放着记者尸体的房子前。有些人摇起了黑色或红色旗帜。一个年轻人，高高地站在一个石桩上，大声叫喊道：

"让所有厌恶帝国的人共聚一堂……我们要待到共和国成立才回家！否则就不回去！"

"说得好！"一些人喊道。

"拿起武器！把尸体带到巴黎去！让人们看看这些所谓的国家领导者都犯了些什么暴行！"

一个灰色头发的男人调解道："你们发疯了吗！周围驻地的步兵、骑兵，一共10万人都已经被动员起来了。拿破仑三世会把所有起义的企图都扼杀在血泊之中！你们会遭到屠杀的！我不想看到那么多的生命白白去送死……理智点！把我们这位朋友的尸体运到墓地去，让他有尊严地下葬！"

"说话的是罗什弗尔。"路易丝叹气道。

四面八方都响起了嘘声。

"听我说！"一个站在台阶上的男人高喊道，"我是路易·努瓦尔，受害者的兄弟。我理解你们的心情……既然帝国已经有了这样致命的丑闻……我们就不要再给它机会让它继续增添自己的暴行了吧！"

"去巴黎！我们要么战死，要么胜利！"我旁边的一个女人高喊道。

我害怕极了，紧紧抓住路易丝的手臂。尽管大家意见不一，但队列还是出发了。我感受到来自周围人群的压力，他们疯狂地叫喊着、哭泣着，我快窒息了。

"糟糕，这孩子觉得不舒服。"路易丝说。

我们前面的几个男人紧紧抓住拉灵柩车的马缰绳，于是马车掉头往巴黎方向驶去。

"让开！让开！"车夫叫道。

人们把车夫从座位上推了下去，一些年轻力壮的小伙子自己坐了上去驾驶灵车。我们离车轮很近，好像随时会被压碎，我害怕极了。

"我害怕。"我喃喃道。

"泰奥菲勒！"路易丝叫道，"帮我，她要……"

我没有听到后面的话。我眼前一黑，就倒了
下去。

う

当我醒过来时，发现自己躺在床上。路易丝拿了
一块浸了醋的布，揉擦我的太阳穴。

"你好多了。"她笑着说。

我用一只手肘撑着坐了起来。

"后来发生了什么事？"

"没什么。可怜的维克多·努瓦尔被下葬了……
我们的起义失败了。的确，你也能看到，我们的队伍
一点纪律也没有……"

灵车……人群……叫喊……是的，我想起来了。

我喃喃道："这次的事又证实了我是个胆小鬼。
我不应该陪你去的。"

路易丝温柔地用手拨开我脸上的头发。

"玛蒂尔德，我为你骄傲……你从来都不缺乏勇

气。只是你还不知道罢了……"

————

2月24日

　　我已经有一个多月没打开我的本子了。不是因为我懒，只是我要做的事太多了：我得买东西，打扫房子，修修补补，照顾孩子们……晚上，我一钻进被窝里就睡着了。

　　学校里有则新闻：有个小姑娘得胸腔炎死了。大家的情绪都不太好。这个小姑娘很漂亮，金色的鬈发，十分爱笑。她的歌声很动听，像黄鹂鸟般悦耳，听得我们的心都暖了。"是贫穷杀害了她。"路易丝说。每年冬天，巴黎有无数人因为贫穷而丧命。工人在罢工，他们的孩子在士兵们漠然的眼皮底下死去。房租不断地在涨，面包越来越贵。路易丝现在是那么渴望揭发不公——世上一切不公。维克多·努瓦尔死了之后，她一直都在服丧。法庭判决皮埃尔·拿破仑·波拿巴无罪，路易丝听到这个消息，流下了愤怒却又无奈的眼泪。她越来越忙，文章写完一篇又一篇，同时还要参加地下秘密会议。她的母亲恳求她小心些。我什么都没有说，但是我的心都要到嗓子眼了。万一她被逮捕，会被审判，还是会被监禁？没有她，我该怎么办？

3月3日

刚才，路易丝坐在厨房的桌子边写作，我在旁边切蔬菜做汤。一抬头，我看到她凹陷的脸颊上有一滴泪。

"有人惹你不开心了吗？"我问道，"但愿不是我？"

她挤出一丝苦笑。

"不，小家伙，不是你。是因为我在文章里倾注了自己全部的情感，我的心在为此受苦。"

我没有问她别的问题。过了几分钟，有人在门口叫她。她出去了，留下本子就摊在桌上。我实在忍不住想看看是什么文章让她如此痛苦。原来是一首纪念维克多·努瓦尔的诗。我把我记住的部分写下来：

> 好多人已在九泉之下，
>
> 而巴黎在军队包围之下，
>
> 像一座巨大的坟墓。
>
> 统治帝国的那些混蛋，
>
> 正一桩桩积累着罪行！
>
> 我们在这里，我们会报仇！
>
> 在受害者的坟墓之上
>
> 诅咒那些压迫者。

下面的几个字被划掉了。之后，还有三行：

> 屠杀者不会找到内心的平静
>
> 永远不会！
>
> 夜晚到来，他们会恐惧静默的木棺。

3月9日

晚上，我打扫教室。路易丝坐在她的办公桌前改作业，我大着胆子问她关于那首诗的问题。

"您会把它寄给维克多·雨果先生吗?"我问她。

她摇了摇头："应该不会。"

她看上去对我的问题并不反感，于是我再次鼓起勇气问："为什么？难道他不是你最敬仰的人吗？"

"他是我最敬仰的诗人，"她纠正道，"他是一个巨人，在野心家与平庸者之间屹然独立……但是，你知道，所有人都有弱点。最好还是不要去了解这些弱点比较好。"

我不敢再说什么，但是，好奇心让我心里直痒痒。路易丝站了起来，从教室里的书籍中挑选出了几本，准备上课的时候读给学生听。

"有一次，我遇见了他。那个时候我很年轻、天真又激动……我原本以为我们会有灵魂上的共同点。但是……他对我感兴趣的原因只是因为我是一个女人！"

她转过身来。

"玛蒂尔德，远离那些你崇敬的人。否则你会发现真实的他们与他们在你心中珍视的形象相距甚远。"

我不太明白。她在说什么？我喃喃道："我很崇拜您。我可不想远离您。"

路易丝走了过来，抱了抱我说："玛蒂尔德，不要崇拜我。我不配。但是我很珍惜你对我的爱。"

3月12日

天气变暖了。花园的树杈上昨天还光秃秃的，今天就长出了芽。花坛里的水仙花也开始发芽了。街坊们透过窗户欢快地打着招呼。春天就要来了。两天前，大暴雨还摔打在窗户上，但今天整个世界就好像被水洗干净了一样：它闪耀着一种新鲜的光泽，让人心里充满希望。

我打开日记本记下一件让我很烦恼的事情。吃过早饭后，我在洗碗槽那儿洗碗。我把窗户开得大大的，好享受温暖的空气和学校花园里孩子们的欢声笑语。一个男孩子——应该是鞋匠隆尚老爹的学徒——正沿着我们的围墙闲逛。他高声唱着一首曲子《美丽的埃莱娜》。所有的人都知道这首曲子：在街角就有人卖这首曲子的钢琴谱。我还是犯人的时候，一旦监管我们的人转过身去，好些女孩子就会哼唱整首曲子。所以我认出了这首曲子："告诉我，维纳斯，你感受到怎样的快乐……"我感到很高兴，春天的第一缕阳光使我觉得很温暖，我也随着这个男孩的歌声唱了起来。突然，有人从后面一把拽住了我，还把窗子关了。我转过身来，是米歇尔夫人，她往常平静的脸上此刻气得通红。

"小倒霉蛋！"她叫道，"你知道你唱的是什么吗？"

"什么？"我呆呆地问道。

"……告诉我，维纳斯，你感受到怎样的快乐……像这样不顾道德……"她说了一段歌词，脸红得更厉害了。

老实说，我从来没想过我唱的是什么；我只顾着摇头，说不出话来。于是米歇尔夫人开始长篇大论，说年轻姑娘应该矜持和端庄什么的。她停下来喘口气的时候，背后响起了笑声。那是路易丝，她笑着靠在门框上，明显已经看到了这一切，而且觉得很有趣。

"玛蒂尔德可不懂你说的是什么。"她平静地说，"因为她还没有开窍呢……"

"不过那首歌也太大胆了……"

"你不明白，比哼唱一首轻佻的歌还要恶劣的事情多了去了。因为一首歌的歌词不道德就那么生气，这是虚伪。要知道，在这个世界上，打着道德的名号犯下的罪行实在太多了！"

米歇尔夫人露出了泄气的表情。

"我不和你说了。你总是有理。"

她转过身去，一阵风似的出了房间。路易丝还是站在那儿。

"我也听到你唱歌了。"过了一会儿，她说。

"很抱歉，"我急着打断她，"我保证不会再唱了。"

"别啊！唱吧！玛蒂尔德，你有一副好嗓子。别人没对你说过吗？"

"没有，从来没有。"我尴尬地回答。

"你的嗓子非常好。唱吧，小姑娘！用满腔的热情去唱！幸福需要歌声……"

3月13日

我等到只有我一个人在房间里的时候才重新开始唱歌。昨天以前，我还不知道自己的另一面，我对全新的自己充满好奇。为什么我以前没有唱歌呢？可我有时候会为一件小事感到快乐，也许是一朵花的香味，也许是美丽的天空。就算是我在农场做苦工的时候，我也会感受到这些快乐，一种陌生的快乐，几乎是快乐并痛苦着。一首我听到过洗衣女工哼唱过的歌曲浮现在我脑海里，我关上门，轻轻地唱起来：

我的情人疏远了我
不知道为什么……
噢，美丽的玫瑰花

没人听得到我的声音。我一个人在楼上，其他人都在教室里忙活。过了一会儿，我的声音更自信了些。

美丽的玫瑰花

美丽的百合花

他去见另一个人了

那人比我更富有……

我突然停住了。这可不是我！我都认不出自己的声音了。这不是那个整天羞羞答答、担惊受怕的玛蒂尔德的声音。这个声音庄严又高亢，浑厚又热情。

唱歌给我一种前所未有的快乐，可我又觉得心惊肉跳。

我用手捂住嘴巴，因为嘴巴里好像有一头野兽就要蹦出来似的，我连忙逃到厨房里，开始剥豆子。

4月2日

那是怎样的奇遇啊！昨天发生了一件事，我要用整本本子才能记得下每一个细节！

一大早，米歇尔夫人要我陪她去买点东西。她已

经不生我的气了（她本来就不会长时间生气，因为她
心地太好了）。我们要做一件大事：买一把伞！夫人
原来的那把也是学校里唯一的一把伞，已经满是洞洞
眼儿了，下大雨的时候，躲在下面就像洗淋浴一样。
米歇尔夫人围上了披肩，戴上帽子，我也戴上一顶系
带的帽子，穿上最好的鞋子。我们出发了！

　　"我决定去一家新开的店。"拐过街角，她决定
道，"那家店叫什么来着？哦对，叫乐蓬马歇百货公
司。那里的东西应该要比卢浮百货便宜，你不觉得
吗？从名字就能看出来。"①

　　我吃惊地慢下了脚步。米歇尔夫人转过身来，打
量着我，然后一脸生气地摆了摆手。

　　"噢！我的女儿可把你教育得真好！我知道她对
你说过些什么：这些大商场会使得小商贩们没有活
路，里面营业员的待遇连狗都不如……但是我年轻的
时候，大家也这样辛苦劳作，可是我们根本不抱怨！
这些平等什么的空话……在我看哪，如果上帝真想让

---

① 译注：乐蓬马歇百货公司的名字 Le Bon Marché 在法语中有"好市
　场""好交易"的意思。

人人都平等的话，他早就这么做了！”

她气呼呼地摇着头，加快了向前的步子。

“现在居然还有人在提议妇女的选举权……得了吧！”

我忍着不答话，我知道她不会听的。

“我妈妈有她的想法，”路易丝有天跟我说过，“有些不算想法的想法。她只是在复述别人教给她的罢了，这是长时间奴役的结果，她这个阶层的人都处在一个思想陷阱中。每当我看到穷人在思想上附和那些压榨他们的人，从而使得他们陷入更大的不幸，我就会心如刀绞。但是她年纪已经太大了，改不了了。”

我们来到乐蓬马歇百货公司，里面都是人：戴着头巾的女仆人和布列塔尼人，她们手上挎着篮子，高声讲话，对摆在大货架上的商品挑挑拣拣。货架上应有尽有：衬裙、袜子、领子、帽子、手帕、露指手套、披肩、衣料、绕在木片上的蕾丝，甚至还有手套和女式小阳伞！米歇尔夫人在这些东西前面毫不停留，径直往前走去。

"都是些劣货。"她肯定地说，"我要实实在在、能派上用处的东西。"

我跟着她走，吃惊极了，都不知道眼睛该往哪儿看。那么多的镜子！里面能照见我瘦弱的身影，特别是在镀金的装饰、生铁的廊柱、色彩斑斓的柜台中，我的样子是多么渺小啊……在我的左边，成堆的呢子布料直直竖了起来，摞在抛光的木柜台后面；在我的右边，是丝绸、缎子，还有天鹅绒。在我的前面，一位售货员正向一位优雅的女士展示毛皮围脖。他在女士面前摆出了好多条，有紫色、灰色、沙色，像奇幻故事里彩色动物的皮毛似的。

"往前走呀，"米歇尔夫人对我抱怨，"把嘴巴合上，苍蝇都飞进去啦！"

我羞愧地挽上她的胳膊。我觉得自己很可笑，像一个什么世面都没见过的小傻瓜。这些堆积如山的财富让我目眩神迷。这里热得让我不能呼吸，每一步我都担心会撞上什么人。空气里都是香水和脂粉味道，闻得我头晕而且呛得我想哭。

"这不是百货公司，"米歇尔夫人咕哝着说，"这是一座大教堂。让人迷路……啊！雨伞在这里。"

她开始和售货员交谈，用手推开售货员坚持要推荐给她的那些贵雨伞。我向后退了几步。在雨伞柜台和手套柜台之间，有一处隐蔽的角落，我可以站在那里而不挡住来往的客人。我就躲在那里，看着人潮往来，听着笑声、低语声。柜台前，米歇尔夫人还在说：

"您说伞柄下面是一枚犬头装饰？还是象牙的？但是您想想，我的孩子，我要它干什么呢？"

在不远处，有一个小姑娘正在试穿一件带白色天鹅绒的圆斗篷。她穿着斗篷伸展着手臂，原地转圈。

"怎么样，妈妈？您喜欢吗？求您了，说'是'吧！它太漂亮了！我可以穿着它，陪您去戈蒂耶夫人家喝茶……"

她的声音非常好听，像是一串悦耳的铃声。我又仔细看了看她：金色的鬈发，圆圆的脸蛋，活像个小天使。她身旁的椅子上放着她的大衣和她敞着口子的包，一只红皮包。我羡慕她：她什么都有，那些我没有的东西，她都有。她很漂亮，她有妈妈，应该也有爸爸，有兄弟姐妹，有一个大家庭来宠爱她……我的眼睛泛起了泪水，我用手背把泪水抹去。我想站起来，逃离这个太奢侈、太吵闹、太热的地方，到一个没有人的教室里去学习，好让我的内心平静下来，我要拿本路易丝的旧教材，选一门能让我全神贯注思考、忘记情绪的学科——电路规则或者是会计学。

突然，我看到有人走了过来。

这是一个穿着保姆服的女人，身上是灰色的裙子、褶边的围裙和帽子。她披着披风走得飞快，时不时地回头往后看。在成衣柜台前，她停了一下，我可以清楚地看见她的脸。她脸上有一种我很熟悉的表情：害怕。她好像很怕什么东西，她像是一只被一群猎狗追捕的狐狸一样。她朝周围看了看，发现了那个小姑娘敞开着的皮包，小姑娘正背着身子试穿一件棉衣。那个慌张的女人从披风里拿出一件白色东西丢进开着口的皮包，然后急匆匆地跑了。

我躲在一道门帘后面，看着从皮包里露出的白色布料，但不太明白它是什么。它雪白的颜色被红色皮包衬得格外显眼，可能是蕾丝、披肩或者是头纱，总之是一件很贵的东西。

只过了几秒钟，就有一个干瘦矮小的男人来到雨伞柜台转角处，他穿着一件紧身深色大衣，脸色通红，手指神经质地在衬衫领子下面拨弄，好像快不能呼吸了一样。他匆匆走到阳台上，细看商店一楼的人群。然后他愤怒地跺起脚来，看得出，他十分气愤。

"贱女人，"他咕哝着，"让她给跑了！"

他从口袋里掏出一块格子手帕抹额头的汗。这时，那个小姑娘叫道："妈妈，我还是喜欢圆斗篷！我太喜欢那装饰的天鹅绒啦！而且我穿上它，就不像一个什么也不懂的小姑娘了！"

男人转过了头，他的目光停在了白色布料上，那白色在红色皮包的映衬下十分引人注意，他大踏步地走向那两位客人。

"夫人,"他不动声色地问道,"这个皮包是您的吗?"

"是啊……是我女儿的。"夫人茫然地回答道。

男子伸手抓住了夫人的手臂。

"请跟我走,夫人。"

"但是……为什么?我不明白……我们还在试穿呢……而且……"

"请别把事情闹大,引起丑闻。"

金发小姑娘的妈妈皱起了眉头——她也是金发,头发考究地梳理着,夹杂着几根银丝,她长得很美,容貌没有随年龄褪色。

"丑闻?如果我没弄错的话,我的朋友,是您在制造丑闻!您能解释一下您的态度吗?快放开我!"她愤怒地叫喊,因为男子打算强行把她带走。

"您的女儿,伙同同伙偷了这条披巾。"他一只手抓着夫人,另一只手急促地指向那块白色披巾,"您这下可不能否认了吧!"

那位夫人惊呆了,一时无言以对。

"啊,这下可没那么神气了吧!我们走!"

4月3日

昨天，我趴在本子上睡着了。今天早上，屋顶上掉下来一块瓦片（风可真大），雨都漏到我床上来了，我只好找只木桶来接水。路易丝亲自爬上屋顶维修。在花园里，学生们都为她加油鼓劲；我，我根本不敢开口发声，我实在太害怕她掉下来……

害怕，这个词简直是我的影子。那天也一样，我十分害怕。我看到那个男人像个粗暴的警察那样拉着夫人手臂的时候，我的第一反应就是像一只受惊的兔子那样躲起来，我十分羞愧。那个小姑娘哭着，跟着他们。因为她还没有把刚才试穿的衣服脱下来，售货员也匆忙赶上。

"别对我也来这一招啊！"她叫道，"看，雅克先生，她要把大衣穿走啦！"

"不是的……不是的，"小姑娘结结巴巴地说，"我会还给你的……妈妈……等等……"

小姑娘笨拙地想用手解开纽扣，可是解不开，她哽咽起来。

我离她只有两步远，在那里呆呆地一动不动。我好像又看到了当时自己被捕的场景。

审判的小房间，监狱，羞辱。"小偷，小偷……"人们指指点点。

"去吧。"我的良知对我说，"为她们辩护，对她们说你看到的一切。"

"人们不会相信我的。"

"你不试又怎么知道？"

"像我这样的人，只不过是条寄生虫，就像那个法官说的，人们是不会相信的。"

"那你就眼看她们被当成小偷吗？"

"他们会说我也是同谋的。"

"那至少你也尝试过了。路易丝会怎么看你的行为？你自认为拥有和她一样的理想，但真正事到临头，你就转身离开了。这个男人，这个干瘦矮小的保安，你就这样看他虐待这对没有反抗能力的母女吗？你其实也比他好不了多少！"

我的额头上沁出了汗珠。没错，我的确比他好不了多少。

我鼓起全部的勇气，掀开帘子，在明亮的灯光下走向前去。

两个小时后，我们在一间挂着毡子、铺着玫瑰色墙纸的客厅里喝着热巧克力。克拉拉，就是那个金头发小姑娘和我并肩坐在沙发上，她握着我的手，时不时地热情拥抱我。我真担心我的巧克力会洒出来，还好悲剧没有发生。

"我们真不知道该怎么表达对您的感谢。"夫人不断重复着这句话。

屋子中间，庄严地放着一架钢琴。一架木质小提琴放在桌子上，闪耀着淡淡的光泽。家具上铺满了打开着的谱子。

"我的爸爸是巴黎歌剧院交响乐队的小提琴手。"克拉拉自豪地对我介绍，"在我出生前，妈妈是个歌唱家，现在，她教音乐课。我呢，我想要成为一个有名的剧场演员……"

"这次不愉快的经历可对你有用啊。"她的父亲与她开玩笑。

我根本不敢看她的爸爸。他十分高大，留着红色胡须，穿着绣花马甲，有修长的双手，黑色的眼睛，眼神十分有穿透力，但是当他双目与我们接触的时候，眼神会变得柔和。

"您的观察力十分了得。"他对我说，"您提供的证词是那么详细，让人惊讶！"

"我希望他们能抓到这个坏女人！"克拉拉生气地说。

她的爸爸耸了耸肩。

"他们有没有抓住她，这不重要。你们知道是什么让她偷窃吗？是贫穷……监狱里面全都是不幸的穷人。也许她是一个所谓的偷窃癖患者：对于想要的东西控制不住地想要去偷。这些人需要的是治疗，而不是监禁。"

他俯下身，在克拉拉的额头上吻了一下。

"最重要的是，你被证实是清白的，这都亏了我们这位年轻的朋友。"

他向我转过身来，优雅地鞠了一躬。一瞬间，我觉得他好像是面对一大群兴奋的观众优雅致意。

"我和我的妻子一样，对您深表谢意。不知道我们能够为您做点什么来回报……"

他大概是注意到了我破旧的袍子和鞋子，还有米歇尔夫人极为朴素的穿着，米歇尔夫人害羞地一言不发。他会提出要给我们钱吗？我已经打算好拒绝了。

"我什么都不需要。"我坚定地说。

克拉拉亲昵地挽起我的一只胳膊。

"那你可至少不要拒绝成为我的妹妹。玛蒂尔德……我喜欢你的名字。你会再来的，是吧？星期四来这里吃下午茶。我们一起聊聊天。不要说不，否则我会难过得想哭的。我今天哭得已经够多了……是不是，妈妈？"

她的眼睛闪闪动人，姿势亲昵得像只敏捷轻快的小鸟，让我觉得房间里似乎充满了阳光。我拿她没办法，呆呆地点了点头。但是现在我真后悔我答应了。如果克拉拉的父母知道我是谁，知道我的经历，他们一定会远远地避开我，嫌弃我。我有没有权利对他们撒谎呢？但是，拥有一个朋友，一个姐姐……多么甜蜜的梦啊！

4月6日

再过一会儿，我就要去克拉拉家吃点心。我对着墙上的破镜子梳理头发的时候，路易丝看到了我。她微微一笑，但是眼神很忧伤。

"我们的玛蒂尔德要进入上流社会了？"

我哑口无言，眼泪都快流出来了。她马上过来把我抱在怀里。

"对不起，我有点恶毒了……你好好玩吧。你十分勇敢，去享受一些乐趣是应该的。而且，我妈妈对我讲了那些人，他们还不算是那些我连手都不想去握的上层人士。"

我没有对她说出我的疑虑，否则她一定会生气的。

我没有对她说出我的疑虑，否则她一定会生气的。

4点钟，我到了圣佩尔路。克拉拉来迎接我，前面还走着一个穿着围裙的侍女。

"是她，是玛蒂尔德！让娜，把小点心端到客厅里来……有没有奶油蛋白酥？"

侍女让娜扑哧笑了出来。

"当然了，小姐，玛蒂兰专门为你们做的呢。"

"你等着瞧吧，"克拉拉对着我说，"玛蒂兰的奶油蛋白酥，拿我爸爸的话说，那简直是无与伦比的美味！"

奶油蛋白酥、上面浮着搅奶油的热巧克力、杏仁饼、水果挞、热热的小圆面包——放到嘴里马上就会融化……我从来没有想象过，小小的下午茶会包含这么奢华的内容！东西多得都可以供好几个人来吃了，我禁不住对克拉拉说出了我的想法。

她笑了。

"今天是个大日子，因为你来了。别的日子，玛蒂兰只是给我涂些面包片而已。只有两片，不会再多了！她心情好的话，会用鸡蛋和桂皮给我做吐司片，那可美味啦！"

她说个不停，对我说她的功课，她的老师，她的同学："那些讨厌的家伙，她们高高在上，就因为我的爸爸只是一个音乐家，她们大多数都是实业家的女儿。为什么制造手枪的人就要比制造旋律的人更值得尊敬？这很荒谬，你不认为吗？"火炉散发着温暖，在橱柜上，一大束黄色的郁金香十分醒目。从微开的门里，传来男人讲话的声音。

"我的舅舅在巴黎住上几天。"克拉拉悄悄在我耳边说，"他和爸爸一直在讨论政治，说个不停，太无聊啦！"

我却伸长了耳朵。

"国王再也不能犯错误了，"克拉拉舅舅的声音清晰地传到我耳朵里，"他已经损失了很多名誉。"

"但是他把政府的管理交给了一个自由党人。"

"埃米尔·奥利维耶？他不会成功的。拿破仑三世往往只满足于做表面的变革。还有另外一个年轻人，他叫什么来着？甘必大^①……"

"他是米拉波^②和丹东^③的崇拜者……"

"他仇视帝国，而且从不掩饰。他积极宣扬要打倒帝国统治，建立共和国。"

"这也许不是件坏事。"克拉拉的父亲说。

"但是普鲁士人……俾斯麦会利用我们的弱点和我们国内的分裂。将会有一场战争。"

"也许不会。等待全民公决的结果吧。"

我听到的就这么点，因为克拉拉接着把门关掉

---

① 译注：法兰西第二帝国末期和第三共和国初期著名的政治家，资产阶级共和党人。
② 译注：米拉波伯爵，原名为奥诺莱·加里布埃尔·里克蒂，法国资产阶级大革命的政治思想家。
③ 译注：乔治·雅克·丹东，法国政治家、法国大革命领袖。18世纪法国大革命时期著名活动家，雅各宾派的主要领导人之一。

了。过了一会儿，她的妈妈进来了，开始弹钢琴。她弹奏了几曲浪漫小调，接着演奏了一曲我很熟悉的歌曲，以前我在农户家里住的时候女主人经常哼这首歌。这是一首妇女纺织时经常哼唱的歌，由三段组成，是以前的妇女们纺纱织布的时候哼唱的。

现在是五月

百花在风中飞舞

百花在风中飞舞

那么的美丽迷人……

克拉拉高兴地哼唱起了下面的段落。她软软的嗓音在唱高音的时候会有些勉强。

国王的儿子来了

来采花呀

来采花

花朵美丽又迷人……

　　我仿佛又重新看见了农场前面铺展开的麦田，在夏日的阳光下闪耀着浅黄色的光泽；空气中有谷皮、灰尘和忍冬的香味，时浓时淡。所有在农场的回忆一齐涌上心头，我没有意识到我也唱了起来，克拉拉却停止了歌唱。

　　　　他采了那么多
　　　　装满了手套
　　　　装满了手套
　　　　花朵美丽又迷人……

　　我以前十分喜欢那个农场，还有那个老妇人，也就是我的女主人。尽管之后遭受了非人的磨难，但没有什么可以夺去我记忆中的美丽景象。

　　　　他把花朵献给他的爱人
　　　　给她当作礼物……

　　我唱着，闭上了双眼。我是为她歌唱，那个朴实的农妇，她生命中的欢乐是那么少。还为了路易丝，为了所有曾经对我好的人歌唱。

> 您不常戴花
> 一年只有四次
> 复活节和万圣节
> 圣诞节和圣让节

这首歌，是给我的礼物，我唯一的礼物。只有它。

> 圣诞节和圣让节
> 花朵美丽又迷人……

音乐止住了。沉默把我带回了现实世界，我睁开了眼睛，十分惊讶。克拉拉和她妈妈都定定地看着我。在门边还站着两个男人，其中一个我不认识——应该是克拉拉的舅舅。

"你有一副美妙的嗓子，小姑娘。"他说，"泰雷兹，这是你的一个学生吗？她可大有前途。"

4月9日

我上了我的第一堂音乐课。贝尔纳夫妇，就是克拉拉的父母亲，坚持要让我上。

"小玛蒂尔德，就当是我们对你表示感谢的一点点心意。不要说不，否则你会伤了我们的心，还有克拉拉的心。"

我原以为路易丝会让我拒绝，但是相反的，她催我接受。

"人类最初的社会就是这样运行的，"她激动地说，"在金钱腐蚀了世界之前……人们就交换善行、能力、有用的东西或只是美丽的东西……我太为你高兴了！不要让这个机会溜走！"

贝尔纳夫人先把我的手指放在钢琴的黑、白两色琴键上。

"你知道音调吗，玛蒂尔德？不知道？很简单……这里，差不多在键盘中间的位置，是哆（do）音，它在五线谱上对应的是这个音符。"

她指给我看一本乐谱上的一个音符，它有些好笑地挂在最后一根线上。

"我继续讲……哆来咪发（do, re, mi, fa）……在每个全音之间，有一个半音，但是在咪（mi）和发（fa），以及西（si）和哆（do）之间没有……你看，在键盘上，这两个音之间是没有黑色琴键的。梭拉西哆（sol, la, si, do）。"

她用手指有力地弹奏出每一个音符。

"这就叫一个音阶。这是 d 大调音阶，它是基础，我们一会儿要唱这个音阶，但是在此之前，我要先教你怎么呼吸。请你躺下。"

我呆住了，看着她。

"您……您是说……躺在地毯上？"

她大笑起来。

"当然啦，躺在地毯上，小傻瓜！"

她在我的身边跪下，把一只手放在我的肚子上。我觉得有点好笑，之前可没想到会是这样。

"大多数人是用上面呼吸的，是微微抬起肩膀和胸腔来呼吸。但是我们应该用'下面'来呼吸，要鼓起你的肚子，而且要控制你的呼气。你会感觉到一条气流，气流的末端落在你的胸隔膜上，而顶端……"

"我不太明白。"我喃喃地说。

"我来给你画一张图，这样就简单了。"

整个早上，我一个音都没有唱！连这个传说中的d大调音阶都没有唱。我一直在做呼吸的练习，直到头昏脑涨：躺着练、站着练，然后坐着练。接着，为了使声音更加浑厚，我要发出各种声音来定位"共鸣腔"：颧颊、上腭还有颅腔。

"你是一件乐器，"贝尔纳夫人反复说，"到目前为止，你都是凭本能在演奏，现在，你要学习了解她。"

我一直学到头痛难忍。

5月15日

　　每天晚上促使我打开日记本记录一天中的事件、思绪、欲望和梦想的激情，它会消失吗？我觉得不会，而且这激情还找到了另外一个表达的渠道：音乐。我要学的东西太多了！乐理、和声、对位法……我每天晚上都熬夜阅读贝尔纳夫人借给我的书。我现在知道贝多芬在耳聋的时候创作了他最优美的作品，而维瓦尔第[①]教过威尼斯一所修道院的年轻姑娘们唱歌，莫扎特还是小孩的时候就因为极早显露的才华而震惊了法国官廷。现在我已经认识了所有的大调和小调音阶，可以在听到简单乐曲的时候把它解码成乐谱了。

　　昨天，贝尔纳夫人自上课以来第一次打开了她乐谱架上的一本总谱。

　　"我觉得你已经准备好要学习一小段曲子了。你觉得怎样？"

———————

① 译注：安东尼奥·卢奇奥·维瓦尔第，是一位意大利神父和巴洛克音乐作曲家。

　　我觉得怎样？我等的就是这一刻啊！一个月以来总是不停地重复练习，练声、练习琶音……我能觉察到我身体的变化，我的嗓音更浑厚、更和谐了，但是我也有一点无聊了。

　　"我们会从一首简单点的曲子开始学，"我的老师说，"这曲子是让-巴蒂斯特·佩尔戈莱塞创作的，他是上世纪初的一个音乐家。我先唱给你听。"

　　她先弹了一段前奏，然后她美妙的嗓音就响了起来。

　　　　假如你爱我，假如你为我叹息
　　　　亲爱的牧羊少年
　　　　我为你的烦恼而痛苦

　　课程结束了，我在走廊里戴帽子，我还要带走珍贵的总谱本子来复习我的曲子（我的第一首曲子）。这时，克拉拉走过来与我行吻面礼。

"你总是和妈妈在一起!"她抱怨道,"那我呢?我不是你的朋友吗?"

"当然是啦,"我也亲吻了她,还安抚她,"你是我最好的也是唯一的朋友。"

"再待一会儿嘛。"她提议说。

我摇了摇头。

"我不能……我要帮路易丝照看孩子们、给厨房打下手,还要打扫房子、修修补补……有干不完的活!你呢,你为什么不过来看我呢?"

她露出了惊惶的表情。

"去蒙马特区?爸爸妈妈永远不会让我去那儿的!"

"为什么?"

她低下了眼睛,手指不停揉搓着蓝色丝绸腰带的一角。

"因为那个区……呃……你知道……"

我有些受伤,于是尖锐地回嘴道:

"平民的街区,对吗?所以名声很坏。我觉得它挺好,可是对你来说……"

我内心苦涩,指了指客厅紧闭的门。

"你的父母自称是共和派，但是又不让他们的女儿和平民混在一起……否则她就会染上怪病了！"

克拉拉眼中泛起了泪花。

"你这么说不公平！他们对你不是这样的！"

"没错，的确不是……因为这样可以让他们的良心好过些。"我说完转头就走。

我冲下楼梯，好像身后有一支凶恶的军队在追赶我似的。走到街上，我已经气喘吁吁，我对刚才的冲动行为感到羞愧，于是慢下了脚步。克拉拉说得对，我这么说不公平。贝尔纳夫妇，虽然他们生活优越，却从来不轻视平民。他们只是想要保护他们的独生女儿罢了。如果有一天我自己也有了孩子，我难道不想使她免受那些我经受过的苦难？我真想重新上楼，和我的朋友和好……可是我太骄傲了。

"明天，"我对自己承诺，"明天我会向她解释……"

然而一阵悲伤突然向我袭来。对于克拉拉这样被宠惯的小姑娘，我又能解释什么呢？我能向她讲述我的经历吗？对她和对她父母，我都只是讲了个大概：我在收容所长大，后来又去一个农场工作，因为农场女主人死了，所以不得不离开。后来我来到巴黎，想找份女佣的工作，却被蒙马特的一个老师收留了，她还教我读书写字。这样的讲述，已经把最痛苦的部分都给抹去了，却还是让他们悲叹连连，对我十分同情。

"我可怜的孩子，你受了多少苦啊！"贝尔纳夫人抹着眼泪喊道。

这位贵妇人，虽然她对巴黎某些街区平民所受的苦难有所耳闻，但离现实还是有十万八千里的距离。她活在一个由音乐构成的蚕茧里，感受到的只是有欺骗性的温存柔美而已。

克拉拉的父亲倒是对时事更为了解。他对我说，在某些圈子里，路易丝·米歇尔的名字时常会被提起。

"你的保护人自己得更加小心。"他对我悄悄说，"她的行动警察都知道。她刊登在反对派报纸上的文章十分惹人注意，她往后应该会被密切监视。"

他若有所思地拉开蕾丝窗帘，凝望着窗外巴黎的万千屋顶。

"这座城市就像是快要喷发的火山……但愿国王会明白这点，然后做出新的改革。我们应该建立起议会制，这样每个人的观点都能得到表达。但是老派的波拿巴主义者唆使他通过全民公决重新树立自己的权威：我只怕这不会有好结果。"

全民公决，我老是听到有人谈这个！公决的日子是5月8日，自从宣布以来，路易丝就一直愤愤不平。

"就像在1852年！这怪物想要通过所谓人民的支持，来稳固自己！好吧，我们走着瞧吧！"

表决的内容也使人们辩论个不休。

"太巧妙了！"泰奥菲勒说，"每一个市民都要对两个议题总体地给出一个或'同意'或'否决'的意见。"

"统治体制的自由化，以及体制的未来——按照长子继承制，由路易·拿破仑·波拿巴①的后代一直继承下去……"路易丝读道，"这是一个陷阱，那些温和派的人，那些想实施温和改革的人，会投'同

————————————
① 译注：法兰西第二共和国总统，法兰西第二帝国皇帝。

意’票的。”

“看看这个！”泰奥菲勒接着说，语气都要接近钦佩了，“这用词造句真是巧妙：你们避免了革命的威胁，你们使秩序与自由拥有了一个坚实的基础……”

“巴黎会顽强抵抗的。我知道！我感觉得到！”

她说得对，在巴黎，最终的投票结果是：“否决”票超过“同意”票大概 5000 张，但是法国其他的地区……

“735 万票‘同意’，157 万票‘否决’，还有很大数目的弃权票。”给孩子们带药品来的克列孟梭先生痛苦地说。这对国王来说都不重要，重要的是他得到了他想要的结果！这个帝国，虽然从 1866 年开始就走向分崩离析，现在却被巩固了，被它自己的人民所巩固了！坚如磐石！

7月6日

最终，我和克拉拉和好了！她赌了很久的气。我每次到她家去上课，她都把自己关在房间里。一天傍晚，我把一张纸塞进她的门缝里。

亲爱的克拉拉：

我们是那么不同！但是我从没有想过要伤害你，而且我对你的父母怀有很真挚的感情。请你理解我，虽然让你理解我的处境也许有些困难……

你的朋友，玛蒂尔德

四五天过去了，还是没有回音，我难过极了，差点都想放弃我的音乐课了。每次听到走廊那头克拉拉房门关上的"砰砰"声，都好像是直接击打在我心上。然而，今天我终于在大衣口袋里发现了一张纸片：

亲爱的玛蒂尔德：

你能给我写信，我很高兴。其实我才是个真正的讨厌鬼，我让你受了伤害，我十分后悔。让我们把这一切都忘记吧，好吗？

克拉拉

⟲

天大的好消息！贝尔纳夫妇要带我去巴黎歌剧院看戏！

"光是练习唱歌还不够，"贝尔纳夫人说，"还得去听听好的演唱。有时候，欣赏一出成功的演唱才是最好的课程！"

克拉拉立刻就投入到浩大的准备工作中。她从那时起就一个劲地和我说裙子呀，帽子呀，还有手套和配饰什么的。

"你比我要瘦。"她微嗔道，"但是让娜有一双仙女般的巧手，她很快就能把我的一件衣服改成你的尺寸。快站起来！让我看看你是怎么走路的！啊！你的姿态可优美啦！我打赌人们一定会说你是学过跳舞的。"

我没敢告诉她，我唯一学过的舞蹈是我在农场村子里举行庆祝活动时人们跳的舞。这是一种欢快刺激的舞蹈，根本谈不上优美！

"你的头发很漂亮。"克拉拉还说，"但是你为什么不好好梳梳它呢？你应该这样梳，在额头上弄出个发卷来，后面要弄成长长的垂发卷……"

见她这么关注我的穿着打扮，我有<u>些</u>不自在。我反过来开始问她问题，想要把她的注意力引开去。

"你呢？你穿哪条裙子？"

她摆出一副无所谓的表情。

"哦，我嘛，没什么大不了的……我那条蓝裙子就很好。我觉得那条黄裙子你穿肯定很好。不对，还是粉红色的……不不，太淡了。我们还是再试试吧。"

我抬头望了望天，无可奈何地任凭她摆布起来。

"接下来的，我也做不了主啦！"

7月8日

今天，我一整天都在东奔西跑：去市场买鳕鱼，去面包店还有肉店买东西，去裁缝店买纽扣，去楼上打扫——米歇尔夫人要赶在孩子们下课之前把屋

子（从天花板到地板）打扫一遍，再打蜡。到处都
弥漫着肥皂和蜡的味道，我不停地擦地板，肩膀好
酸啊。

终于忙活完了。我坐在桌前，回想起来，自己好
像做了场梦一样。我的眼前是明亮的灯光、鲜艳的色
彩和喧闹的人声……

昨天下午4点，我敲响了贝尔纳夫妇家的门；6
点的时候，一辆马车来接我们去巴黎歌剧院。我身上
裹了一条绿色紧身丝裙，手上拎了一个与之相配的手
提包，我浑身上下都不自在。克拉拉把我额头上的头
发烫了烫，在我的脖子上系了条天鹅绒丝带。我觉得
自己好像是橱窗里面被打扮得花枝招展、脸上涂满了
胭脂的玩具娃娃。

"我是不是很可笑？"我悄悄地问克拉拉，"大家
都会嘲笑我的……"

"你漂亮极了!"她肯定地说,"你像参加王子舞会的灰姑娘⋯⋯你会让人们大吃一惊的!"

马车驶到剧院前停下。下车的时候,我差点摔了一跤:裙子太长,我的鞋跟踩到了裙子的卷边。贝尔纳夫人扶住了我,她充满善意的微笑重新给了我信心。我跟随着他们一家人走进了剧院。多么华丽啊!我从来没有看到过那么多垂幔、烫金装饰,还有晶莹剔透的水晶吊灯。一群无比优雅的人站在巨大的楼梯底下:有穿着燕尾服的男士们,女士们都身着蓬裙,她们的领口和后背都开得低低的,身上还戴满了珠宝,头发里别着鲜花。贝尔纳夫人带着我们来到包厢里,一路都在和熟人打着招呼。

"这是我的女儿⋯⋯那是玛蒂尔德,我的一个学生,她很有前途。"

我脸红了,低垂下了眼帘。

"你很完美。"克拉拉在我耳边说道,"放松点!"

包厢就好像是个装巧克力的盒子:里面垂着红色的垂幔,烫金的装饰品⋯⋯我都快忘记呼吸了。我怔怔地被带到了一张凳子上坐下。

"来，坐到前面来，亲爱的。"贝尔纳夫人坚持。

她去看了看节目单。

"你运气可真好，玛蒂尔德，你会看到一部全新的创作！是冯·弗洛托先生的《阴影》，那可是一位伟大的音乐家，而且是巴黎沙龙里鼎鼎有名的人物。他的《玛尔塔》是我最喜欢的歌剧，在第二章节里，有一出女主人公唱的爱尔兰抒情曲，《夏天最后的玫瑰》……真是太美了！太动人了！只有爱尔兰人才能明白其中的乡愁！"

"作曲家出生在梅克伦堡①。"贝尔纳先生站在他妻子后面，说道，"他还是一个贵族的后裔。我真的很吃惊竟然会安排上演这出曲子，现在大家可都很反对普鲁士人……你喜爱的冯·弗洛托有一个日耳曼民族的名字，小心别在巴黎被喝倒彩！"

"可是乐队指挥是个老巴黎人！"贝尔纳夫人不服道，"巴黎是他心爱的城市，他可经常这么说的。"

"就算这样，也阻止不了就在我们家门口的战争，亲爱的，查理五世的王座上居然要坐上一个普鲁士王

---

① 译注：德国的一个州，位于德国东北部。

子。^①这样做的后果就是使法国受到威胁，打破欧洲的平衡格局！外交部长格拉蒙公爵一再声明：如果他们真的这么做了，法国定会行使他应尽的职责，毫不犹豫也毫不示弱。你知道他言下之意是什么吗？那就是战争……"

"噢，爸爸！"克拉拉不高兴了，"你们别再说政治了！至少今晚不要！"

我呆住了。仿佛有一片幕布落下，隔断了我和眼前这色彩缤纷的美丽场景。战争！我好像听到了炸弹爆破声，它是那么的真切，我连剧场里美妙和谐的音乐都听不见了。我眼前的人群五彩斑斓，好像是花坛里各色的花朵，粉红色、蓝色、紫色，他们手中轻

---

① 译注：1870年，普鲁士国王威廉一世的亲属利奥波德亲王，应西班牙政府之邀，同意去西班牙继承王位。法国担心普西联合反法，怕他们实力大增，于法国不利，而极力反对。

盈挥动的扇子就好像是蝴蝶在欢快地翩翩起舞。所有的这些人，他们是那么从容地互相交谈，难道他们都不知道战争要来了吗？这些优雅的男子们，正向这位小姐或是那位夫人躬身打着招呼。他们俯下身来，在美丽女子耳边说着恭维话或是温柔的情话，他们明天会不会死在敌人的枪下呢？他们怎么可以如此轻松地嬉笑着、享受着他们的尊崇地位，好像什么都不会发生呢？

　　也许是我的表情出卖了我的思绪，贝尔纳先生坐到了我旁边，在我耳边小声说："玛蒂尔德，他们正在悬崖边跳舞呢……这也许是因为勇敢，或者是无知。不过，面对着这么大的威胁，人们除了继续这样活着，还能怎么样呢？"

7月9日

　　我读了读最近的日记。这里面涉及音乐的部分可真少……我对那场演出的印象十分模糊，我是那么焦虑，都没有兴致欣赏交响乐了。那些歌手站在舞台前边，高高地举起手臂，朝后仰起了头，好像要晕倒似的。我觉得他们的样子怪滑稽的，脸上涂着厚厚的粉，眼睛化了妆，大得吓人。他们被闪闪发光的戏服束得紧紧的，在台上走来走去，绞着双手、捶胸顿足，模拟着爱情、绝望、痛苦。

这不是真实的生活。

我们走出剧院的时候，克拉拉挽住我的手臂。

"你喜欢这个演出吗？"

我迅速答道："是啊，当然了！"

也许我答得太快了点，她的眼神闪了闪。

"才不是呢！你快无聊死了……我也是。你干吗不说实话呢？"

我结结巴巴地说："因为……因为我不懂……我没法评价……"

"不对，"贝尔纳夫人插嘴道，"你有很强的音乐鉴赏力。你想听听我的意见吗？"

她低声说："男高音差极了，男中音马马虎虎……"

"第一小提琴手拉得也很差劲。"贝尔纳先生也开始挑剔道。

"女中音……还可以。至于女主角，天哪，但愿上帝能原谅我，我一听到她的声音就好像是喝了一大口醋似的！"

"下次我们要听一出意大利歌剧！"克拉拉决定。

可是，还会有下一次吗？

7月13日

报纸上说利奥波德亲王拒绝了西班牙方面的邀请，不会登上王位。我们的总理很高兴，因为这样就避免了一场战争。

7月16日

路易丝的朋友们费勒先生和朱尔·瓦莱斯先生到这里做客。在大街上，愤怒的人群大喊道："去柏林！去柏林！"孩子们挥舞着小旗子。巴士底狱广场上有一场呼吁和平的游行，结果迎来的却是辱骂和小石子。瓦莱斯先生是游行队伍的带队者，他后面跟着好几百人：他本来期望有上千人的，他绝望得快哭了。

"都是疯子！"他不停地说，"普鲁士人可是做好了战争准备的，但是我们呢？没有盟军，没有大炮，只有一支准备不足的军队，而且装备极差。可是这些老顽固军官还想让我们相信他们的士兵连一粒纽扣也不少！我们这是奔着灾难去啊……"

昨天晚上，我又做了一个噩梦。我梦见自己在一条阴暗的街上跑着，到处都是拥挤的人群。路易丝走在我前面，穿着一件黑袍子，气宇轩昂。我想要拉住她，但是马上有无数只手伸过来阻止我。我想要叫，但是声音哽在了嗓子眼里。我无能为力，只能眼看着她走远，心中预感她会走向死亡……我醒了过来，浑身发抖，大汗淋漓，我的床单都湿透了，我只能起来裹着被子，坐在椅子上过夜。

今天早上，我不敢看她，生怕我的惊恐会传染……

7月19日

法国向普鲁士宣战。

7月27日

据说拿破仑三世和王子一起上前线了，整个国家被交到皇后的手中：皇后摄政。这回，战争就在眼前了……大街上，我也能感受到那种恐惧。人们疯狂地采购战争时期的储备。店铺里的糖和面粉开始缺货了。

8月9日

路易丝很生气。

"只有共和国才能使法国免除战争的威胁！"她对大家喊道，"只有共和国才能洗脱法国所遭受的20年帝国的侮辱！我们要打开未来的大门，这大门现在被一群行尸走肉关得严严实实!"

"你冷静点,"她妈妈一边煮牛肉杂烩,一边说,"让男人们去操心吧。这是他们的事。"

"男人们!他们只想要去'把普鲁士人打得落花流水'!这是他们自己说的!帝国现在正在被虫子腐蚀,它会自取灭亡的。那个时候就太晚了!现在就要行动!"

瓦莱斯先生和费勒先生经常在傍晚来敲厨房的窗格子。他们进来后便和路易丝进行长时间的秘密交谈。我觉得他们好像在策划着什么,我很害怕。在去上音乐课的路上,我遇到许多学生和工人,他们指手画脚、大声说话、号召人们拿起武器……

8月14日

今天早晨,我下楼的时候,路易丝已经出门了。今天是星期天啊!往常这个时候,她会料理花园或者拿把椅子坐在院子里阅读。肯定是发生了什么特别的事情!可不管我问什么问题,米歇尔夫人都是一脸木然。

"不，我不知道她去哪里了。她不会很晚回来的……如果她还回来的话。"她嘟哝着抱怨。

她的手在颤抖。

一整天，我坐立不安，从一个房间晃荡到另一个房间，我把东西搬来搬去，试图以此来缓解一下心中的焦虑。大概下午4点钟的时候，我听到巴黎那边有枪声，我连忙爬上顶楼，那里可以看到塞纳河还有巴黎圣母院的高塔。但是城市好像睡着了一样，像一只躺在阳光下的懒懒的野兽。我下楼来，拿起了我的工具篓子，一边补袜子后跟，一边不停地说："保佑她回来，保佑她回来。"我也不知道我在对谁说，我已经好久没有祈祷了！

终于，钟声敲过6点之后，门开了，是她！她很疲惫，头发蓬乱，满身都是灰尘，但是她活着，而且毫发无损！我真想扑到她怀里，可是我没敢。她捏了捏我的脸，然后颓然地坐倒在椅子上。

"这孩子脸色真是苍白，费勒先生，给她倒点酒，我也要点！我受不了了！"

她装得轻松自如，可是我看出她哭过。

费勒先生拿了瓶酒和一些杯子走了过来。

"这事真是糟透了。"他一边把紫红色液体倒出来，一边说。

"准备工作做得尤其糟糕。"

"你们去哪儿了？"我小心翼翼地问。

"去维莱特①了，"路易丝倦怠地回答，"布朗基分子②想要起义，建立起共和国。但是要做成这事，我们必须要拥有武器……"

"所以他们决定，"费勒先生接着说，"到维莱特的消防队兵营去抢一些来。但不知道怎么，警察事先知道了这个计划……"

"到处都是他们的耳目！"

"我们来到现场的时候，已经太晚了，这次行动的主要头目都已经被抓到了囚车上。其他人都逃跑了，除了几个傻蛋还在喊：'打倒普鲁士人！'据说有一个警察被打死了，但事实上他只是头部受了点伤

---

① 译注：巴黎地区名。
② 译注：布朗基主义是19世纪中期法国工人运动中的革命冒险主义思潮。布朗基分子主张依靠少数革命家的密谋活动进行暴力革命，推翻资产阶级统治，建立少数人的革命专政，立即实现共产主义。

而已。"

"算了，"路易丝最后说，"还会有别的机会的。"

美酒让她重新振作起来，她颤抖着，好像听到了远方有号召她重新投入战斗的鼓声一样。

⟳

我在窗前写下这些句子。我没有拉上窗帘，花园里的花香味漫进我的鼻子中。谁能相信，在这个美丽的傍晚，有一些人就死在不远处呢？

8月17日

不断有消息传来，有时带来希望，有时却让人泄气。巴赞^①将军在伯尔尼^②取得了胜利；但同时，在

---

① 译注：法国第二帝政期的军人，以勇猛沉着深得拿破仑三世的信任，从一个二等兵晋升到法国元帅。普法战争中以率领法国一支约为17万人的野战军投降普鲁士而出名。
② 译注：法国北部城市梅斯的一个区。

维提、圣迪济耶、布里安莱①，到处都驻扎了普鲁士军队。这是我第一次听到"枪骑兵"这个名称，他们是可怕的士兵，为了把他们赶出家门，没有猎枪的农民只能拿镰刀和锄头来对抗他们。

我痛恨战争。

9月3日

前天，继维桑布尔、弗罗埃斯克维莱②、格拉韦洛特③、维翁维尔④之后，色当⑤也沦陷了。我们得到的消息非常无序。不停有急件寄往巴黎，大街小巷充斥着流言，每传过一个十字路口，人们就更添油加醋一番。生病的皇帝和麦克马洪将军一起躲了起来，普鲁士人已经包围了他所在的城市。昨天还有人说我们取得了胜利，但是没有人相信。8点钟的时候，我们出了门，会聚到大街上越来越多的人群之中。大家表情都是那么的忧虑

① 译注：均为法国地名。
② 译注：都是法国下莱茵省的市镇。
③ 译注：法国摩泽尔省的一个市镇，属于梅斯康帕涅区莫塞尔河畔阿尔县。
④ 译注：法国摩泽尔省的一个市镇。
⑤ 译注：法国东北部阿登省的一个市镇，在默兹河畔。

紧张。我们来到一个广场，看到一群人聚集在那里读一张新张贴的布告。人群中爆发出了阵阵悲叹，还有愤怒的叫喊声，有一个妇女埋头在围裙里哭了起来。

我们也走了过去。我当时就把布告上的内容写在了随身带的纸上，以免忘记。原文如下：

各部长对巴黎人民的建议：

我们的国家经历了一场巨大的灾难：麦克马洪将军的军队与30万敌军英勇对抗了3天，不幸战败，4万士兵被俘。

麦克马洪将军亦身受重伤，由温普芬将军替任将位继续指挥军队，他签署了投降条约：这一残酷事实绝不会动摇我们的勇气。

巴黎如今处于军事防御状态，政府已组织起了各部军事力量。几天之后，一支新的军队即将驻扎于巴黎城墙下。另有一支军队将驻扎于卢瓦尔河①沿岸。

① 译注：法国最长的河流，发源于塞文山脉，流程1020公里，先向北、西北，后向西注入比斯开湾，两岸有闻名世界的卢瓦尔城堡群。

　　巴黎人民，你们的爱国热情、你们的团结与精力会拯救法国。

　　皇帝在军事对抗中被俘。政府和公共机构已达成共识，会对此严重事件采取相应的措施。

　　"真会遣词造句，"路易丝说，"但是没人相信经过这样的奇耻大辱后帝国还能幸存。拿破仑三世既然宣战就再也没有停战的权利……我们可以经历一场灾难再站起来，经历这样的耻辱却很难。现在，只有靠巴黎人民发出自己的声音了！"

9月4日

　　我受不了了……我们一整天都在巴黎打巷战。大家都在传说帝国就要完蛋了。得赶快跑到协和广场去！在那里，蓝天下是人的海洋，还有许多警察和拿着武器的士兵。所有的人都想进入国会，栅栏都快被砸断了。"共和国万岁！"我被狂热和希望燃烧着，也和大家一起喊了起来。路易丝拉着我的手，她的脸上淌着泪水。她的发髻散了，帽子也被推搡的人群弄歪了，看起来就像个疯子。可是她看上去很有精神，就像她眼前正在进行的这场革命一样充满朝气。她长久以来一直期待着这场革命，而此时此刻，革命就在她眼前！

"玛蒂尔德，这是我人生中最美好的一天！"

就在此时，人群把栅栏弄倒了，大家高唱着《马赛曲》，守卫的士兵也不再维持秩序，而是跟着人群一起行动。很快，我们听到了鼓掌的声音。人们传阅着小纸片，上面写的是新政府成员的名字：阿尔戈、朱尔·法夫尔……

"这个人我很熟。"路易丝说，"他以前是基础教育协会的主席。他经常去奥特费耶街，我以前在那里给年轻姑娘上过课。"

别的名字也纷纷传了过来：甘必大和特罗许，还有巴黎市政府成员朱尔·弗雷、朱尔·西蒙……

"这是一个朱尔共和国啊！"一个看热闹的人快活地说。

"去市政府！去市政府！"大家喊道。

我们随着人流一起朝日内瓦广场走去。代表们已经聚集在那里了。人群中爆发出了一阵喧哗声，原来是在向其中一个戴了一条红围巾的人致意。我认识他，我在维克多·努瓦尔的葬礼上见到过他。路易丝跟我说过他的名字：罗什弗尔。

人群不停地喊着："共和国万岁！"

"我呼吸着被解放了的空气。"路易丝自言自语。

9月7日

巴黎平静下来了。我又可以去贝尔纳家上课了。上完课后，克拉拉对我说：

"来我的房间！让娜正在整理我的衣橱……我又长高了，还胖了。爸爸说是因为我吃了太多蛋糕：我的裙子很多都穿不下啦。"

我快认不出她那粉粉嫩嫩的房间了：家具上堆满了裙子、上衣和里衣，都要堆到地上来了。地球仪上挂了一顶草编的遮阳帽，凳子上丢满了衬衣。让娜跪在一堆镶着英格兰花边的裙子中间，就像在一个巨大的白色泡沫里。

"你好，玛蒂尔德小姐。"让娜开心地对我打招呼，"您看到这乱糟糟的一团了吗？您的朋友啊，在开始整理之前一定要先把一切弄乱。"

克拉拉笑了。

"让娜不高兴呢。因为她比我高，我什么都给不了她！可是你正合尺寸。选吧！别说不！否则我要不高兴啦。"

我呆住了，看着成堆的衣服。

"可是……克拉拉，我什么都不需要，我向你保证。我看上去有这么寒酸吗？"

"别傻了，"她亲昵地在我耳边说，"我不是在对你施舍，我知道你是不会接受施舍的。"

她把我拉向铺满了披巾和大衣的沙发。

"你知不知道一家人有这样的规矩，"她调皮地说，"就是大孩子的衣服会接着给小孩子穿。这是为了节约，我亲爱的。因为你是我的小妹妹，所以你只能接受，没得选择。"

"但……"

"我说啦，你没得选！"

在她假装生气的表情前面，我不由得笑了。和克拉拉在一起，我总是说不过她。

于是我开始选了，确切地说，是她在帮我选。所以我现在有了一件好看的呢子大衣，一顶镶着天鹅绒的帽子，两双手套，几双几乎全新的鞋子，两条"星期天穿的"裙子，一条"听歌剧穿的"裙子，还有一堆衬衣、衬裙、绣花的里衣。我成了一个资产阶级小姐了……

路易丝会怎么说呢？

9月8日

她什么都没说，因为她根本什么都没看见！有事情转移了她全部注意力。首先是一件大喜事：维克多·雨果从流放的根西岛①回来了，他现在就在巴黎！还有一些让人担心的事：尽管斯特拉斯堡②、梅

---

① 译注：英国的皇家属地之一，位于英吉利海峡靠近法国海岸线的海峡群岛之中。

② 译注：位于法国国土的东端，与德国隔莱茵河相望，是法国阿尔萨斯大区和下莱茵省的首府。

斯①、贝尔福②一直坚持抵抗着普鲁士人，但是威胁从来没有消除。临时政府号召法国人民选举出上议院成员，可选举要直到10月16日才举行！

"那太晚了啊！"路易丝骂道，"还在等什么啊！为什么要在欺骗人的安全感中沉睡，此时此刻，敌军正在逼近巴黎啊！"

在狭小的客厅里，在灯光的光环之外，她踱来踱去，狭小的空间快要容不下她激动夸张的手势。

"人民想要武器，可是政府拒绝给我们！他们是害怕有人革命吗？普鲁士人快要逼近了。正好！所有的巴黎人都会冲出城墙，把侵略者打垮！外省的军队会和我们会合……因为我们现在是共和国了！"

克列孟梭先生，蒙马特的区长，就是经常帮助贫穷孩子的那个人，应和着说："他们想要在新的名号下，实施帝国的那老一套做法了！该看我们了！我们有勇气，我们蔑视权威，我们是明天的英雄！让我们一次把那些老顽固清除干净，我们要让平民

① 译注：法国洛林地区首府，位于洛林大区摩泽尔省。
② 译注：法国东北部城市，弗朗什-孔泰大区贝尔福地区省会，也是该省最大的城市。

奋起，让他们装备起武器，如有必要的话，还实施定量配给！我们不会让给俾斯麦①一寸土地、一块石头的！"

我蜷缩在熄灭了的火炉旁边，不大听得懂这些和战争有关的话。我本以为我的恩人应该和我一样，讨厌战争的！

9月9日

今天，我怀着轻快的心情去上音乐课。阳光照耀在林荫大道的树上，给树木裹上了一层金黄色。我穿着一条海军蓝的半身裙，一件系着圆点小花领结的衬衫，戴着小羊皮手套。我在商场的橱窗里看到了自己的身影，这是第一次我觉得自己没有那么丑了。一边走，我还一边哼唱着贝尔纳夫人新教的曲子：我感到内心／有一阵疼痛／扰乱了我的平静……

这歌词真是十分贴合当下残酷的现实。

---

① 译注：奥托·爱德华·利奥波德·冯·俾斯麦，劳恩堡公爵，普鲁士王国首相，德意志帝国首任宰相，人称"铁血宰相"。

在贝尔纳的公寓里，东西堆得乱七八糟。我听到厨房里有人在讲话，客厅里摆满了打开的箱子，沿着走廊的墙边堆着一摞摞的书。让娜双手拿着衣物匆匆地跑过门厅。

"发生了什么事？"我问。

"我们要走了！没别的事！"她说，"而且，我的小姐，你最好也快点走，在普鲁士人来之前！您知道他们怎么对待年轻姑娘吗？"

"闭嘴，让娜，玛蒂兰要你帮忙，把这些床单给她。"

让娜匆匆走掉了，脸蛋忙得通红。

贝尔纳夫人面色疲惫，眼神沮丧。

"我的小玛蒂尔德……我恐怕今天不能给你上课了。就像让娜说的，我们要离开巴黎了……"

"可是为什么啊？"

她微微一笑，可是笑容里并没有快乐。

"让娜也说了：因为普鲁士人要来了！我们要到乡下克拉拉的一个姑姑家去。她住在离纳博讷[①]20多公里的地方，在卢瓦尔河的南边，但愿那里不会发生战争冲突……我知道这样一走了之很不勇敢，可是我们必须为克拉拉着想，要把她带到安全的地方。还有……"她看着我，若有所思。

"亨利！"她头也没回地叫道。

"怎么了，亲爱的？"

克拉拉的父亲没有穿大衣和背心：他卷起了衬衫袖子，把一只密封箱子小心翼翼地放到了地毯上。

"好了！"他说，"我用一些碎木屑和报纸来保护我的小提琴……但愿这行得通。一定要格外小心这只箱子。"

"当然了，亲爱的。"贝尔纳夫人知趣地答道，"我把它随身带上火车车厢。我知道这件乐器对你来说是多么珍贵。"

这时，克拉拉从房间里走了出来。

"玛蒂尔德！"

---

① 译注：法国南部的一个市镇，位于朗格多克-鲁西永大区奥德省。

她泣不成声。

"我真担心再也见不到你了！"

她猛地转向她的父母。

"爸爸，妈妈……为什么不把她一起带去呢？你们一直说露西姑姑的房子可大了，少一个人或者多一个人没有关系……求你们了，同意吧！"

克拉拉的一缕头发从粉红色的缎带里掉了出来，贝尔纳夫人满怀慈爱地帮她把头发抚好。

"我正要问你这件事呢，亨利。"

"这……"

克拉拉的爸爸有些意外。

"为什么不呢？亲爱的，如果把你和你的朋友分开，我会很伤心。"

"在纳博讷，有一所很好的女子学校，这两个孩子都可以在那里上学。"贝尔纳夫人补充道，"而且，这样玛蒂尔德就能继续上她的歌唱课和钢琴课了……她的嗓子真的很棒，如果就这么放弃，简直是犯罪！再看看她现在出落成什么样了！简直就是我们家的一员。"

她爱抚着我的脸颊。

"丑小鸭已经变成美丽的天鹅了……"

这是一句真挚的夸赞，我却并不喜欢，我不由自主地朝后退了退。她没有在意，继续说道：

"而且，亨利……你不觉得这个孩子的保护人会给她带来危险吗？想想她的社会地位还有政治观点……我想就连她自己也会同意我们的观点的。"

我朝门口退去。

"我……我不觉得，"我喃喃地说，"你们都是很好的人，但是……"贝尔纳夫人和克拉拉还想说话，可是贝尔纳先生用手势制止了她们。

"给她点时间想想。让她在明天做决定。玛蒂尔德，我们明天中午11点，在里昂火车站坐火车。我们会在火车头旁边等你……如果你决定要和我们一起走，只要带一个小小的行李箱就可以了，这就足够了，别的东西我们都能给你。"

我走下了楼梯，克拉拉的声音传了过来：

"别忘了！11点……我等你！"

9月10日

车站的周围黑压压的都是人。站台上竖起了一道人墙：大家都拎着大大小小的包裹，还有好多孩子，被人群推来搡去，大哭大叫着。铁路工作人员想要维持秩序，但是没有太大效果。这时，一个铁路工作人员挡在我的面前。

"小姐，您的票？"

"我没有……我是来找朋友的。"

他耸了耸肩膀。

"这话您和别人说去吧！这种话我已经听人说了几千遍了！没有票，就不能过去……就是这么简单。走走走！"

我正准备就这么算了，有一只手按住了我的肩膀。

"先生，这小姑娘是和我们一起的。"

是贝尔纳先生。那位先生走开了。"哦！这我可猜不到啊！先生，这里多么乱啊！一团乱！我从没见过这样的！"

在火车头旁边，一片白色的蒸汽雾中，克拉拉和她的妈妈向我们打招呼。

"让娜和玛蒂兰已经坐好了，"贝尔纳夫人说，"感谢上帝，孩子，我们以为你走丢了呢！可是你的行李呢？"

我拉起了克拉拉的手。

"我没有行李。我只是来和你们道别的……"

"你不和我们一起走吗？"

克拉拉的蓝眼睛已经泛起了泪水。我拥抱了她。

"不……我不能丢下路易丝，至少现在不能，我做不到！"

贝尔纳夫人正要回嘴，却响起了一声刺耳的火车汽笛声。让娜从第一节车厢的窗户里探出了头，她的帽子都歪了，"夫人，先生！"她尖声叫着，"火车要开了！"

我们的道别很短暂，这反而让我觉得好受些。大家推着挤着上了火车。在拥挤的人群中，我又紧紧拉了一下克拉拉的手，我也只能这样来表达自己的感情了。克拉拉叫道："玛蒂尔德！你会给我写信吗？"

"会的，说好了！"我声嘶力竭地叫道，人群很喧闹，我尽力提高自己的嗓音，"那你呢?"

"每天都会写!"

"不要忘记继续练习!"贝尔纳夫人叫道，"音阶、琶音、练声……不管发生什么，每天早晨都要练!"

贝尔纳先生什么都没说，但是在最后一刻，他突然把一件东西塞进了我的手里。火车的门随后就关上了。火车开动了，周围的人群里传来了喊叫声，还有哭泣声。无数双手挥动着手帕。

结束了。

꩜

大街上，不停有马车从我身旁驶过，都是驶往火车站的方向。我打开手掌，是一卷用纸包着的钱。我从来没有见过这么多钱。我把它们放进口袋里，心跳得厉害，脸颊也开始发烫。我现在非常反感接受别人的施舍。但是这些钱，也许学校的孩子们以后用得上。冬天，他们需要钱来买东西吃。

冬天，在这个温暖的 9 月早晨，这个词似乎十分遥远。但是我知道冬天和普鲁士军队一样，正在慢慢地靠近……

9月11日

我会不会后悔没和克拉拉的父母一起走呢？我没想太多便做出这个决定。可以说是一时冲动，是我的心让我这么做：巴黎现在已经陷入了危险，普鲁士军队就像一道铁箍，每天都在紧逼。知道路易丝、她的母亲，还有那么多孩子被困在巴黎，我就没法独自去享受别人带给我的安全。

巴黎正在积极准备防御，刚刚颁布的公文通报了巴黎现在的物资储备状态。在卢森堡公园和布洛涅森林公园里集中了 20 万头羊、4 万头牛、12000 头猪；各火车站、各旅游景点都被用作了储物站，在那里堆积着面粉（50万公担）、大米（10万公担）、咖啡（1万公担）、咸肉（3万到4万公担）……我是照着报纸写下这些数字的。

"这些还没有算上那些投机商囤积的数目，他们会找机会用百倍的价钱把物品卖出去……这些卑鄙的人！"路易丝愤愤道，"在必要的时候，要让这些人加倍偿还！"

建筑师加尼耶先生叫人在巴黎新剧院的地基上钻了很多孔子，里面贮备了很多干净的水，我们不会缺水的。人们自发组织起很多团体，把巴黎大大小小的雕像都熔化了用来铸成炮弹……每个广场上，都有民兵从早到晚地操练：

"小分队，集中注意！"

"举起武器来！"

"装好子弹……准备发射！"

工人们、店员们干完一天的活后都到广场上去操练。他们笨手笨脚、跌跌撞撞、大汗淋漓；他们的孩子看着他们，在一旁哈哈大笑。可是我在一旁看着，却十分同情他们，而且我很为他们感到担心。他们原本平静的生活被打破，也许马上就要奔向地狱了。

大道上，一些军队里的残兵正列队行进，他们中有步兵、炮兵，还有失去骑乘的骑兵。他们驻扎在军事堡垒旁边，睡在油布搭成的帐篷里面，在两块石头中间搭个锅做饭吃。有些士兵是远从比利时边境那里徒步走过来的……

9月13日

今天早晨开窗的时候，一阵风吹了进来，我闻到一股呛鼻辛辣的味道。

"着火了。"我马上想到这个，在我们这个街区，着火是件可怕的事情：小路纵横，房子都紧紧挨着，火势很容易就从一幢房子传到另一幢。还好周围没有黑烟，倒是地平线上升腾起了薄薄的蓝紫色烟雾。

"是波迪森林烧起来了。"我下楼的时候，路易丝对我说。

"将军们不想给普鲁士军队留下任何可埋伏的地方。蒙特莫朗西、圣加迪安和昂吉安森林也都燃起了火。他们大概还要烧了圣克洛、默东和阿弗埃森林。"

我收到了克拉拉的一封信。没人知道信件还能畅通多久。她写道，她很想念我，她谈起了她住的宽敞又清凉的房子，还有她常常在葡萄架下看书，她姑姑美丽的玫瑰园……

我想要给她回信，却写不下去，因为我要写的东西都太悲伤了。

9月18日

普鲁士军队包围了斯特拉斯堡。奥尔良火车站的铁路线都被切断了，火车不能通行。我觉得我们生活在一个孤岛上，风暴就要从四面八方袭来。

9月19日

路易丝今天早上带着我来到一个射击房，她想要练习射击。每次枪响，我都害怕得捂起耳朵。一些士兵从旁边经过，他们笑着鼓励"这些姑娘们"，还有些人毫不掩饰他们的鄙视。

"回去给小孩擦屁股去吧!"一个市民鄙视地说。

"就算个子最小的轻骑兵也能把你当成个麻袋扎破!"

已经5点了,街道平静下来,但是远远地还能听见枪炮齐射的声音。鞋匠对我们说,在克拉马尔①爆发了多场武装冲突。他看到一些伤员进了巴黎,还有些一起防御敌人的挖土工人和从城镇里来的妇女小孩也进来了,他们都希望在这里躲避战乱。

但是又能躲避多久呢?

9月20日

我们被包围了。布日瓦勒、圣克卢、鲁弗西恩讷、奥格蒙②……到处都有普鲁士士兵。从蒙马特高地往下看,能看到他们往来频繁,安插岗哨。他们看上去就像蚂蚁那样小,好像不堪一击——可是,没有人能离开巴黎了。

---

① 译注:法国法兰西岛大区上塞纳省的一个市镇,属于安东尼区县。
② 译注:均为巴黎郊区周边市镇。

9月27日

克里希大道上有个女裁缝，她叫让娜夫人，是米歇尔夫人的朋友。米歇尔夫人经常照顾她生意，只在她那儿买纽扣针线，从不去隔壁街买。让娜夫人总觉得巴黎布满了敌方的间谍。

"我们的士兵可勇敢了，"她老是这么说，"在色当，如果当地没有间谍和我们军队里的一些人勾结，普鲁士鬼子才不会打了胜仗！"

说这些话的时候，她嘴唇紧抿、神情坚定。

每个来到她店里的顾客都逃不过她的仔细打量，哪怕顾客只有一点点外地口音，也会引起她的猜疑。

"那个人，你听到了没？"她对店里其他客人说，"我肯定她就是'那个'！"

顾客外表或者举止上的丝毫迹象都逃不过她像筛

子似的双眼。

"那个女的金发颜色太重了，双颊通红……肯定是吃惯了啤酒和香肠^①。而且讲话太斯文了，不太自然。你看她那样支支吾吾地讲话……"

"噢，亲爱的，"米歇尔夫人平静地回嘴说，"她只是得了支气管炎，没别的了。你想象力实在太丰富了！"

⁓∾⁓

有天晚上，让娜夫人差点就光荣地抓到了间谍。

在克里希大街43号，一条小路的拐角上，正好有场公共舞会。人们在大厅的舞台前面跳舞，大厅里还设了一处哨所：两个军官和百来个士兵轮流换岗，他们还派了不少巡逻队在街区巡逻。队长带着一支巡逻队不幸经过了裁缝店，店主让娜夫人，发髻散乱地站在店门口。

"快来！"她远远看到巡逻队就叫了起来。

---

① 译注：啤酒和香肠都为德国传统食品。

"怎么了，夫人？"队长问。

"有些可疑的人……有三个，他们壮得像牛似的！他们都被关在里面了。"她指了指身后紧闭的门。

队长不相信她一个人就能制伏三个男人，于是让娜夫人自豪地讲了她的方法，她邀请他们进屋来"喝一杯"，然后自己马上退了出去，拿钥匙锁上了门。

嫌疑人被逮捕了，他们不停反抗着，让娜夫人跟着巡逻队一起到了哨所。

"搜身！"军官命令。

其中的一个"间谍"，一个大胖子，边叫边反抗。他身上搜出了一把大刀。让娜夫人和大伙一样面露喜色：终于逮着了一个！

这时候，军官把脸凑近刀面，像一条猎犬嗅猎物的踪迹似的往刀面上嗅了嗅。

"放了他们！"他最后说。

"可是，长官……"让娜夫人抗议道。

"这些人喝醉了，不认得回家的路……可是他们不是间谍。"长官用不容置疑的语气说道。

"可是这刀？"巡逻队长大胆问道。

"我今天一整天都在巴黎城门口用这刀拔菜啊！"那个胖子因为害怕，酒醒了过来，哀叫道，"而且我当时还冒着普鲁士人的枪炮呢！"

"您怎么知道他说的是实话？"让娜夫人问，天知道她是不是已经开始怀疑军官和他们是同党了，就像她常说的那词：暗中通敌。

"这很简单，夫人。因为他的刀上有一股洋葱味！"

10月2日

斯特拉斯堡沦陷了。

10月7日

现在没有人能出得了城。于是政府成员之一的甘必大先生打算乘飞艇逃出去，他要去图尔①搬救兵来救巴黎。太阳还没升起，就有巴黎人涌向蒙马特的圣皮埃尔广场：那里并排停着两架飞艇，阿尔芒·巴

————
① 译注：图尔为法国一座古老城市。目前为安德尔-卢瓦尔省首府。

尔贝号和乔治·桑号。我也去看了，同时还要忙着照看一起去的二年级学生，路易丝指给他们看装信鸽的笼子，给他们讲了信鸽的习性和放飞信鸽的方法。这些小孩子，虽然上课很认真，这时候却怎么也听不进去，只知道跑啊跳啊，拍手跺脚，大嚷大叫。

过了好一会儿，晨雾还是没有散开，甘必大先生和他的秘书都戴着毛皮的帽子，穿着暖和的皮袄，他们来回踱着步子。终于，太阳从云层里探出头来了。人们马上在飞艇周围忙碌起来。10点整，有人喊"放手！"慢慢地，两架飞艇都升起来了。站在我旁边的一个男人还行了脱帽礼。每个人的脸上都写着希望。

"甘必大万岁！共和国万岁！"

我们掉头往学校走去。路易丝走着，一言不发。

"您不高兴吗？"我大着胆子问，"要是甘必大先生搬来了救兵，我们就能得救了！"

"我有些不安。"她回答道，"权力会不会让那些人变了质？这个政府只知道一味地拖延，可是现在人民需要的是果断的决定。如果没有甘必大，其他人只知道不停地发表声明，但是人民需要的是行动！玛蒂尔德，我们的未来还看不见光明……"

10月14日

路易丝不放过每一份报纸，她把它们摊在食堂的大桌子上，评论着每次前进、撤退和侦察行动，还有援军的数量。我不由自主地伸长耳朵听：这一切好像一场巨大的游戏——只是这游戏的赌注是千千万万的人命。难道就是因为这个原因，人们才那么喜欢打仗吗？

昨天，我们的大炮轰炸了圣克卢地区，那里有敌军的总参谋部。据说参谋部所在的城堡被炸毁了。

10月20日

米歇尔夫人读不了报纸，她很担心食物的供给。我们有那么多张嘴要喂呢！她和邻居们经常激烈争论：有人说巴黎在包围下支撑不了六个星期；还有人说只要实行定量配给，囤积的食品足以撑过两三个月。大家都聚集到了市政简报栏前，阿尔戈先生每天都在简报里给出一些安抚人心的数据，他还给出了配给方案的细节。

"这是个好主意，"米歇尔夫人同意，"每个人都会拿到一张配给卡。这样人人都只能拿到他应得的那份。"

"您说得真轻巧！"住在学校对面的手套商人抗议，"你们那里有那么多孩子，总是会拿到最多的！我可得当心点了……我现在就买东西储备着，就算价格高也得买。"

"您这是想要从孩子们的口中抢面包吃吗？"

他们说着说着就快要吵起来了，我还是躲得远远的吧。就在不远的地方，肉店老板和卖酒商人也在聊天。

"只要贝希①能挺住，巴黎就能挺住！"酒商自信满满地说，"贝希的存货站存着1500万升的葡萄酒，这可是个大数目！有酒，就能鼓舞我们的士兵！"

①　译注：巴黎地区名。

"我可担心着肉的情况。"对面的肉店老板严肃地说，"牲畜们匆匆忙忙地被集中到了一起，他们喂养的方法都不对，这样肉都长不好。到时候该怎么办？我给市政府去了一封信，建议把牲畜尽快屠宰掉。"

"然后呢？"

"然后就做成咸肉！也别漏掉脂肪，脂肪也是大有用处的。还有骨胶！还有血！血！"他说个不停，越来越兴奋，"我用牛血做过一种牛血香肠，好吃得很，比猪血香肠好吃多了！您知不知道瑞典人用动物的血和淀粉一起做成面包。意大利人还把血放到锅里煎……"

"我们那儿也有，"鞋匠从家门里出来透透气，说道，"我老家是阿利埃①，那里的人把这个叫作煎血灌肠。"

他把烟斗从嘴上拿下来，轻轻抖落里面的烟灰。

"我要在地下室里种点蘑菇……在天井里种点水芹，那里阳光充足。"

我想到了我们菜园里的那些蔬菜，它们很快就会被吃完了的。

---

① 译注：法国的一个省，位于法国中部。属于奥弗涅大区。

10月29日

大家不再说食品供给了！整个巴黎的气氛变了，因为巴黎迎来了它的第一场胜利。我们的战士夺取了勒布尔热①；大街上，就连最小的孩子也是一副得意扬扬的表情，就像是他自己把普鲁士军队打退了一样。但是，炮击声还不停地响起，低沉而持续，大家都已经习惯了。

10月30日

但是，这愉快的气氛太短暂了。昨天晚上，我在打扫教室，听见路易丝回来了，拿着一大堆报纸。往常她会点起灯，把报纸摊在面前，然后大声地评论着。可是今天我什么声音也没听见，一丝灯光也没见着。我做完活后把扫帚和围裙收起来，走下楼梯。

---

① 译注：法国法兰西岛大区塞纳-圣但尼省的一个市镇，位于巴黎东北10.6公里。

她坐在桌子前面，连帽子也没有脱下。我只是看见她垂着头，肩膀也耷拉着，她的面前是摊开的白色报纸，在右边的页面上，有一个黑色的框框。我走近去，想要看，她用手掌把报纸合上了。

"巴赞，这个叛徒，他要和敌人谈判，交出梅斯。"她叹道，声音低得几乎听不见，"一切都完了！"

我们跑到了市政府前面，那里会张贴紧急告示。我们根本没办法靠近，大门口挤满了人，人挨着人，帽子挨着帽子，汇成了一条帽子的小溪！大家还传说着另外一条消息：因为缺少援军，勒布尔热又被敌人夺过去了，指挥作战的军官们曾一再要求增派援军。当地接着发生了惨烈的大屠杀，就连躲在教堂里避难的士兵也没有躲过，敌军透过窗口扫射，他们都死了。

路易丝的表情沮丧极了，眼泪流了下来。

"我们被自己选出的政府背叛了！这些人曾经那么顽强地与帝国对抗，可是现在什么也不剩了。他们像松鼠似的躲进自己的窝，任别人在外面东奔西跑。这些人正徒然地滚动着一个巨大的轮子，这个轮子之前有无数人滚动过，之后还会有无数人去滚动。这个轮子，就是权力，权力永远会被用来倾轧最不幸最贫苦的人！"

10月31日

官方报纸宣布了梅斯投降的消息。梯也尔[1]先生用的词汇是"休战"。

11月1日

昨天，路易丝和她的朋友去了市政厅。

"这会是另一个 9 月 4 日，"她预测道，两眼恢复了神采，"巴黎绝对不会屈服的！"这回，我没有陪她去，我又想起了那个梦境，我怕在人群中就这样看着她走远……

她晚上回来时是一副沮丧、泄气的样子。我帮她把大大的鞋子脱了下来，她的双脚都流血了。我不敢

---

[1] 译注：路易·阿道夫·梯也尔，法国政治家、历史学家。路易·菲利普时期的首相，在第二帝国灭亡后，再度掌权，因镇压巴黎公社而知名。在 1871 至 1873 年，他先担任国家首脑，后担任临时总统。

问她什么。

"您很伤心啊。"我悄悄地说。

"大家想要建立公社……大家都想要。还要废黜临时政府,以及坚持抵抗敌军,就像在 1792 年那样!'我们的国家处于危难中!'街上到处有人这么喊,'公社万岁!''让我们一起抗争!'"

我端了一碗汤给她,她喝了几口。

"政府承诺:同意建立公社,但是要通过选举的形式!天真的人们高兴地回家了,那些面对敌军不堪一击的将军指挥着军队来逮捕剩下的民众!我们好多人都被抓起来了。玛蒂尔德,这不是帝国重现吗?这是暴力镇压!权力让那些人变质了……"

11月19日

亲爱的克拉拉:

因为怕你收不到,所以我把这封信誊写到了日记本上。你知道,现在信只能通过信鸽来运送……要知道,这些鸟儿可任性呢,放出去的信鸽很少会回来。它们会不会做逃兵，飞到了某个舒舒服服、铺着青苔的墙洞偷懒，而拒绝国家交给它们的任务呢？又会不会成了普鲁士人锅里的串烤野味？没人知道。

只要我有空就会去奥尔良车站看飞艇起飞，或者去北站，相信我，可好看啦！我们能看到飞艇驾驶员站在一个用铁梁吊着的篮子里进行训练。不过我更爱看笼子里的信鸽。它们已经成了巴黎人最喜欢的鸟了，街上只要有一只鸽子飞过，无数双眼睛都会看着它，大家心里都想着："消息！终于有消息了！"我也是，我每天都盼着能收到你的信，可每天期望都落空了。我只能想象你每天都在干些什么，想象你上课、弹钢琴、画画或者绣花，你读书、和你爸爸妈妈在美丽的乡间散步，那里的冬天应该不冷。在这儿，寒冷正一天天地袭来。幸运的是，蒙马特区长克列孟梭先生给我们送来了柴火，他还尽力给我们提供各种各样的帮助。如果没有他的帮忙，我们很难照顾好孩子们的吃穿。请你告诉你爸爸，他给我的钱派上了好用处，我用它们给孩子们买了菜豆和青鱼——现在肉价高得离谱：一只兔子要40法郎！动物园的动物们都被宰了，因为没法养活它们！现在巴黎餐馆里的菜单可奇怪呢：上面有袋鼠、斑马、大象耳朵。你不用担心，我们有配给卡，每人可以领90克马肉。在定量配给时期，米歇尔夫人可是大大发挥了她的厨艺才能。虽然没什么食材，但她能用两个萝卜和一小撮她去年夏天晒干的香料就给我们做出美味无比的杂烩。没有人敢问她这杂烩里还有些什么，要知道街上刚刚开了一家卖猫肉狗肉的肉店。上帝啊，我还是不想知道我究竟吃了什么……

　　按照贝尔纳夫人的嘱咐，我天天都练习唱歌，我在洗碗的时候练声。虽然不是每个人都喜欢。那天我们的邻居穿着厚厚的御寒衣服出门去市政肉店买肉，有时在肉店外面要排三个小时队呢！她说我练声让她想起了人们宰猫时猫的惨叫声。这段时间确实有许多猫被宰了呢。我刚培养起那么一点点的"艺术家虚荣心"，就被大大打击了。

拥抱你！

你的朋友：玛蒂尔德

11月22日

　　我不想写出我们真实的生活状态来吓倒克拉拉。我写的时候还尽量使语气显得轻松幽默。可事实上，我们又饿又冷。克列孟梭先生是给了我们一些柴火，可为了节约，我们一天才点一个钟头的火炉。余下的时间，我们就裹着厚厚的衣服，不停地走动。我们没有面粉了，能买到的面粉里都掺了大麦和米。

　　我们没有焦炭了，于是只能砍下道路旁边的树木来替代。可我觉得那些木板除了能招来些松鼠以外真没多大用处。我从来没有看到过这么多的送葬队伍。死去的都是些可怜的穷人，他们人数众多。人们匆匆地掩埋完一具尸体后就喊："下一个！下一个！"孩子们尤其坚持不住，我每天都在担心我们学校的孩子们。小埃利泽咳嗽得很严重，他瘦得脸颊都凹了下去，而且，他快没有力气坚持下去了。当他爬到我膝盖上的时候，他的骨头都能硌着我，他实在是太瘦了。我给他讲有趣的故事，让他有活下去的愿望。每天下午4点，我讲到精彩处就不讲了，留到第二天再讲。从他疲惫的眼神里，我看见一丝欢快的期待闪过，这就是我最大的安慰。

"明天，你明天接着给我讲？"

"好的，明天，我的孩子。说好了。"

每天，路易丝一上完课就跑到蒙马特的警戒委员会去参加"国家危难党"的会议。她对我说在那里她觉得很自由，那里的人都以革命事业为己任，而且都愿意为了理想献出自己的生命。

"我们没有柴火，可是我们谈着谈着，就会因为兴奋而热起来！"她开玩笑说，"代表来访的时候，我们就往壁炉里扔一本字典或者一把椅子……不久，我们都要坐地上了！"

她还说公社一旦建立起来就会竭尽全力驱逐普鲁士人，如果公社能实施社会主义共和国，她就全力支持公社。她不断说所有人民都应该团结起来，享有自由，我听着听着，也开始梦想一个安定团结的世界，那里的每个人都为所有人的幸福而努力，不分种族、宗教、国籍……

12月6日

继凡尔登①和蒂永维尔②之后，奥尔良③和鲁昂④也落入了普鲁士人之手。我对这些坏消息有些麻木，因为小埃利泽死了，他永远也不知道故事的结局了……

12月25日

圣诞节……天气冷极了，瓶子中剩下的酒也结成

---

① 译注：法国东北部洛林大区默兹省的最大城市。
② 译注：法国摩泽尔省的一个市镇，属于蒂永维尔东区县。
③ 译注：法国中北部城市，在巴黎西南124公里处，是中部大区和卢瓦雷省的首府。
④ 译注：位于法国西北部，是上诺曼底大区的首府。

冰了。每天早上，都有车在街上给前天夜里冻死在街头的穷人，还有冻死在岗哨上的士兵收尸。

巴黎已经没有猫和狗了，有人开始吃田鼠，挖植物的根吃，一束干掉的荨麻就可以做一锅汤。观赏鸟类也被宰杀在饥饿的人的餐桌上：金丝雀、火鸡、暹罗鸭、印度雏鸡……我说的那是在富人家里，在蒙马特区，可没人养得起这些鸟。好像也有人在餐馆里用金子大吃大喝。祝他们吃得好！他们可千万别来这里向穷人展示他们吃饱喝足后的嘴脸，否则他们可不会有好下场。

米歇尔夫人为这个战争中的圣诞节特意保留了一些蔬菜罐头和一块火腿，浓稠的汤汁让我们精神大振。桌子上放着些迷惑人的锡纸，遗憾的是下面可没有蛋糕。不过不管怎么说，这也是个节日！最妙的是，我们还有餐后甜点，米歇尔夫人打开一个广口瓶，里面是用酒浸的甜樱桃！

"这可是最后一道菜啦。"她说。

我们还交换了礼物。虽然我们没有钱，可大家用丰富的创造力来准备礼物：把毛线围巾拆了重新织成手套，把手套拆了做成锅子柄的捏垫，还有图画、小诗、手绢……

"玛蒂尔德，"在这一切仪式结束之后，路易丝对我说，"我有一个惊喜给你。"

我之前就有点猜到，因为从昨天开始，他们就不让我进客厅了，但我还是装出惊喜的样子。

"给我？真的吗？"

路易丝和米歇尔夫人递了个眼色，带着我一直走到客厅门前。我看到……

客厅里原本有张小桌子，还有张旧沙发——那是米歇尔夫人往常坐着做针线活的地方，在两者之间，有一架钢琴！

一架小小的钢琴，还装饰着两座漂亮的铜质烛台。钢琴有些旧了，琴键也发黄了，但这毕竟是一架钢琴！

"这是给我的吗?"我低声问。

啊!我不用再假装惊喜了,因为我真的太惊喜了!

"是啊,"路易丝说,"我很久都没听到你唱歌了,这可让我很难过呢。你看,玛蒂尔德,越是困难的时期,我们越要寻找乐趣,因为这是我们能够坚持活下去的理由……"

"而且你那些走调的练声我们已经听烦啦,"米歇尔夫人装作不耐烦地说,"在钢琴的伴奏下,你至少能唱准喽!"

我用一根手指在琴键上按了一下,钢琴发出了一声走调的琴音。

"钢琴需要校一下音,"路易丝抱歉地说,"我们会找人来的。"

我的双眼蓄满了泪水。

"可是……你们一定花了很多钱吧?"我低声地说。

"没有,"路易丝温柔地摇摇头,"你知道现在这个时候,什么都没有食物来得值钱。我用四分之一头马肉换来的。"

"你们不该这样……"

路易丝把两根手指放在我的嘴唇上，不许我再说下去。

12月26日

我今天醒得很早，起来后便早早地来到客厅。它在那儿，它在等我。我把盖住琴键的旧毯子掀开，轻轻地奏了一首曲子。那是贝尔纳夫人最后教我的一首曲子……差不多每弹一个音，我都得停顿一下，因为我只会用一只手弹，而且还很生疏。自这场可怕的战争开始以来，我第一次感到自己是自由的。

12月27日

普鲁士人轰炸了阿弗翁、诺让和诺瓦西①。

————————
① 译注：均为巴黎郊区市镇。

❧❧

12月29日

已经入夜了，天上飘着雪，炮击声仍然轰鸣不止。我在床上听到炮弹落下的声音，南面、西面，到处都有，根本没办法睡觉。我也没有办法想别的东西，脑海里都是这些钢铁炮弹，它们划破天际，播撒着死亡与毁灭。

12月31日

米歇尔夫人坚信，随着新年的到来，形势一定会发生转变。她不停地低声祈祷，时不时摸一摸脖子上挂着的圣母像吊坠。刚才，我给她读了报纸：上面刊登了一封给巴黎某区区长的信，里面涉及一些牛肉、干菜豆、油和咖啡的不公平配给的内容。米歇尔夫人怒道："我就知道！他们把肉都带到自己家去了，这些畜生！"

她说完，就摸了摸木头①……我多么想像她一样乐观啊。

1871年1月7日

今天和昨天晚上，巴黎多个区发生了冲突。有人伤亡，但是不知道确切的数字。有人说大概四五个，也有人说上百个……

1月17日

好像普鲁士国王威廉今天在凡尔赛宫宣布自己成为德意志皇帝。那时候，我正在肉店前面排队买肉，米歇尔夫人感冒很严重没能来。我在寒风中等了几个小时，最后还是一无所获：没有肉了，也没有骨胶，连用来煮汤的骨头都没了。在街角，一个年轻人正做

---

① 译注：按法国迷信的说法，摸木头能驱魔或驱逐厄运。

着生意：他在挂着一个清洁剂广告的墙边摆了一张椅子，椅子脚用铁丝网围成一个笼子，里面有五六只吓坏了的老鼠。椅子上放着一块砧板，还有一根蜡烛，大概是为了让做生意的人看得更清楚些。老板系着一条溅满血迹的围裙，有人来买，他就从笼子里麻利地拎出一只老鼠，一刀下去一劈为二。

"上好的肉排啊！"他叫卖道，"两法郎一只！便宜啦！"

我感到一阵恶心，连忙走开。但是晚上，我的胃空空如也，难受极了，它一定在向我抱怨我的决定。

1月23日

我几乎看不到路易丝了。她一上完课就去警戒委员会，很晚才回来，然后继续熬夜写作……白天，我时常看到她坐着打瞌睡。没办法从路易丝那里听到新闻了，我只得去街上听消息，有好消息也有坏消息：面粉里已经都掺进了稻草，很快我们就要没有面包了；国民自卫队试图硬冲出城，死了几千人；在外省，甘必大率领的军队接连败北，只有当费尔·罗什罗将军仍然坚守着贝尔福。大家都指责政府软弱无能、懦弱不堪，而且大家怀疑政府想要恢复帝制，政府成员大概都吃得饱饱的，等待着秘密休战的机会……

1月28日

休战了。政府承诺说，从明天开始第一批供给巴黎的食物就会运抵。但是这对于小埃利泽，以及无数已经丧命的人来说，都已经太晚了。

3月1日

普鲁士军队正在香榭丽舍大街上列队行进。巴黎人呢？当然一个也没有。他们都躲在房子里，躲在紧闭的百叶窗后面。咖啡店、杂货店都关了，报纸也停止了发行。整个城市一片死寂。

3月3日

　　普鲁士军队走了！面包也无须定量配给了，我们畅怀大吃。新的国民议会在波尔多成立了。路易丝叫它"耻辱议会"。对于梯也尔先生，路易丝没有一句好话："老家伙""矮子""梯也尔一世，投降之王"！休战条约十分屈辱：法国失去了阿尔萨斯和部分洛林地区，还得支付一笔数额巨大的赔款。数字太庞大了，我都记不住！这么多钱，都用来干吗呢？

　　国民自卫队这段时间的处境很艰难，他们每天30苏的军饷被克扣了……

　　我想起15年前妈妈把一个只有几天大的婴儿送到了收容所。而现在，我15岁了，心里有很多梦想，它们是那么遥不可及，我根本不敢说出口。

3月18日

　　今晚，政府军队到郊区去取国民自卫队留在蒙马特山上的大炮。守卫大炮的一个士兵中弹受伤了。我那时正在穿袜子，突然听到街上一阵跑动声响，随后一阵喊声："叛徒！"很快，越来越多的人开始叫喊。遭受了那么多苦难的人民终于要爆发了！我和大家一样也跑到街上去。警钟响了起来，百叶窗噼啪作响，每家每户的大门敞开，每条街上都有人跑出来，大家披头散发，十分愤怒："他们要把我们的大炮偷走给普鲁士人！叛徒！"

我跑到山顶上，看到好多妇女正趴在大炮上，我还看到了与士兵正面对峙的路易丝。这回，我毫不犹豫地用胳膊肘挤开周围的人向她走去。

"你这样会被杀死的！"我气喘吁吁地拉住她的手臂喊道。

"我们都是法国人民，不会自相残杀的，对不对？"她质问士兵。

士兵们一动不动。我听到有人喊了两次"开火！"有一个军官居然指挥士兵向人民开枪！我闭上了双眼。这回可要完了……"放下武器！"另一个军官出列。大家听从了他的指挥，有些士兵放下了他们的步枪，转过身去，耸了耸肩膀。

"革命成功了。"路易丝低声说。

3月23日

亲爱的玛蒂尔德：

巴黎到底发生了什么事？大家都说"红军"掌握了权力。好像有两个军官被自己的士兵给开枪打死了！而且警察局、兵营和市政厅都被占领了！我一说你的名字，妈妈就开始哭，直说你太可怜了，现在巴黎已经落入了最野蛮的人手中。你知道她一直都这么戏剧化，喜欢夸张。爸爸和叔叔在谈什么"乌托邦"，他们说光靠巴黎的革命是拯救不了整个法国的，还说人民到底还是不够成熟，没办法自己建立一个共和国的。我对这些一点也不懂。我只是求求你，一定要特别小心，不要出门。巴黎人是疯子，是杀人犯！

想念你的：克拉拉

4月4日

亲爱的克拉拉:

　　如果这里的人都疯了,我很愿意和他们一块儿疯……你想想看,这是我们历史上第一次有工人、小职员甚至是鞋匠参加议会!你真应该来看看市政厅前宣布公社成立时的场景!真是太振奋人心了!军乐队演奏着《马赛曲》和《出征歌》,巨大的红旗在人们头顶飘扬。红色代表人民,代表大家所期望的平等!人们在唱歌,我的眼里满是泪水。原来的政府逃到了凡尔赛宫,留下的钱箱空空如也,医院也没有所需的物资。路易丝说公社向罗斯柴尔德银行借贷100万用以救助所有伤员和支付国民自卫队的军饷。还有,所有博物馆都将免费向公众开放,公园免费向孩子开放。教育体制也会改革,从现在起,不仅女教师将与男教师待遇相同,而且还会开办专门给女孩子们上课的学校。巴黎沦陷的那几个月里,城中房租飞涨，很多穷人负担不起，所以那几个月的房租也重新计算。新企业将重新接管在战争时期关闭的作坊，这样工人就能挣钱吃饭了。

啰唆了那么多，我就写到这里。我要出门了，信会交给路易丝，她有办法让人把信寄出去（凡尔赛政府切断了邮路）。

拥抱你！

玛蒂尔德

4月11日

亲爱的玛蒂尔德：

所有的人都在谈论公社。我对这个一窍不通。里昂、马赛、圣艾蒂安[①]也成立了自己的公社，但都没能持续下去。距离这里很近的纳博讷有一个叫迪金的记者号召市民拿起武器抗争到底！我们收拾好行李，准备出发，这回是去波尔多，那里的剧院请爸爸过去当首席小提琴手。他担心我们

① 译注：位于法国中东部罗讷-阿尔卑斯大区，是卢瓦尔省的首府。

的安全，所以想去，可我觉得很绝望：如果我住在波尔多，不知道什么时候才能再见到你呢!

　　赶快给我回信……

克拉拉

4月20日

亲爱的克拉拉：

　　你不知道什么是公社？那是联合起工人的组织。公社国家的理想就是每一个城市都基于民主、自由、平等建立起自己的公社，即一种联邦制度。"就像1792年那样!"路易丝常常高兴地说。在蒙马特，公社区级委员会负责民生事宜，并向穷人发放面包和煤炭。我下课后经常去那里，那儿有好些警戒委员会的女人：常穿印度红斗篷的普瓦里耶夫人，温柔的布兰夫人，发型凌乱却活跃的埃克斯科丰夫人。这些夫人对公社啰唆的议会不抱太大的指望，她们觉得公社议员有宏大的想法，可没什么实际经验。

"所以现在一切都没有条理。"埃克斯科丰夫人摇晃着她的一头金发说。

"不要去想一件事可不可能，应该问这件事有没有用。"普瓦里耶夫人充满活力地说，"只要卷起袖子干，就能创造奇迹……你们说是不是？需要医院？现在有了！要蔬菜？我们会弄来的！工作？天哪，这也不会缺的！"

我们一边干活，一边哼着入时的曲子。现在最流行的曲子叫《樱桃时节》，这是让-巴蒂斯特·克莱芒先生创作的曲子，他可能要代替克列孟梭先生被选作蒙马特区的区长了。

当我们唱起《樱桃时节》
快乐的夜莺、调皮的黑鹂
都会随之歌唱……

我非常喜欢这首歌。我不停地唱，刚才提到的那些夫人每天都要我唱上十次："玛蒂尔德，再唱一遍吧，求你啦！"她们都十分疼爱我，还给我取了个绰号"蒙马特小黄莺"。那么多的"妈妈"陪伴着我，这多少缓解了你和路易丝不在我身边的寂寞。路易丝老不在学校，这和她住在纳博讷或者里昂没什么区别啦！自从巴黎公社战士们计划攻占凡尔赛，她甚至都不回学校睡觉了！她带领着她的军队——61路军，在堡垒抵挡梯也尔派来的军队。原本被普鲁士人架起来用来攻击巴黎的炮台，现在被凡尔赛政府用了，所以大家叫他们"巴黎的普鲁士鬼子"。

我希望你姑姑会把我的信转寄给你。快点写信告诉我你新的地址！你现在离我那么远，我很伤心。不过你也别太难过：我确信你的父母会回巴黎的。你妈妈的学生都在巴黎，而且巴黎歌剧院毕竟比波尔多歌剧院更有名！你知道吗，现在巴黎的音乐氛围可浓厚了。在杜伊勒利花园，人们为公社的寡妇和孤儿们组织起了多场音乐会。法兰西喜剧院的阿加尔夫人还有女歌唱家罗莎·博尔达斯都参加了。下个月，还会上演《波契亚的哑女》和《弄臣》。

温柔地拥抱你！

你的朋友：玛蒂尔德

4月22日

这回我没对克拉拉撒谎。她和所有人一样都觉得巴黎人发疯了。我却为巴黎人骄傲！我原本是个胆小鬼，只想要蜷缩在一团温暖的火堆旁边，可是现在我发现为将来而斗争，为了明天出生的孩子们不要再经历我遭受的苦难、饥饿、寒冷、无知、肮脏、耻辱……是多么激动人心，我认识了好多慷慨的人，还交了不少朋友，我终于觉得自己有些价值了。

❧❧

夜里我被一阵脚步声吵醒：路易丝回来了。她站在厨房里，热着剩饭剩菜。她面前的桌子上放着一把卡宾枪。

"这只是用来自卫的。"她看到我在看，想要让我放心。

她是想掩盖真相吗？她的国民自卫队制服上沾满了血迹和污泥，我让她脱下来，我好去洗刷一下。她说不用，但也没有坚持。

"你的音乐练习呢，玛蒂尔德？"她打了个哈欠问道，"我经过客厅时看到你的钢琴上沾满了灰啊！"

我的确有三个礼拜没有练习了。她没等我回答，思绪便又回到原来的轨道上。

"你该看看公社的士兵是多么勇敢，"她嘶哑着声音说，"我们死死地守卫着伊西①堡垒，有一个管食堂的人牺牲了自己的生命，就像一个真正的战士那样。"

我一阵激动，嘟哝地说道："让我也陪你去吧！"

4月23日

今天是我第一天做担架员。乐于助人的布兰夫人替我给孩子们上课。要是克拉拉现在见到我，一定

———————————————
① 译注：位于法国巴黎西南郊区的城市。

认不出我了。我的脸晒黑了，头发乱糟糟的。我现在是蹲在伊西一个小村庄的咖啡馆门口写这篇日记。我刚刚给战士们送了些汤，今晚，他们回不了家，只能拿着枪打瞌睡，连鞋子也不脱。伊西位于郊外，可以俯瞰默东森林和塞纳河。小小的砖房子看上去安宁又整洁。但是几乎所有的居民都逃走了，因为堡垒不断遭受猛烈炮击，十分吓人，堡垒的掩体也一个接一个倒塌了。几个小男孩在作战士兵中间游走，翻捡一切可以用的武器。女人们来来往往，第一时间救助伤员，或是把死者装进货车里，之后这货车会由一支肃穆的送葬队伍陪伴着回到巴黎。一直到昨晚，我还不相信自己会有勇气面对这一切，但是和我一起工作的那些人用平静和勇气鼓舞了我。在她们面前，如果我哭泣或昏倒，我会感到羞愧的。现在，我累极了，身体和思想都麻木了。昨晚，我还睡在我温暖的床上；昨晚，路易丝还假装责备我，因为我的钢琴上积满了灰。昨晚……好像离现在有几年时间那么远。现在我好像已经很老很老，就像有100岁那么老。

5月16日

我现在拿笔感觉很艰难，我已经不习惯它轻巧的分量了。我的手上满是茧和痂，好像是在农田里劳作一样。我们的确是在收割，但是收割的是死尸。鲜血伴随着我们的工作。我不想多说这个了。我把所有的感觉都尘封在心底，一旦我描述所看到的一切，所有的感觉就会倾泻而出，我一定会受不住这个残酷的战争场面而倒下的。但是我现在必须要挺着。

今天，凡尔登柱①在人群的欢呼声中倒在了一堆肥料上，柱子上的雕像掉在地上摔个粉碎。男女老少都开心地笑着——他们那么快就又高兴起来了！路易丝对我说是因为他们心怀希望——不会饿死，不用苦干，有天会过上好日子的希望……

巴黎建起了不少街垒。凡尔赛政府想要像狼一样把我们围住，他们在报纸上把我们比作凶残的野兽，

_____

① 译注：位于巴黎凡尔登广场，是拿破仑1805年攻打埃及带回来的战利品。

好比嗜血成性、拼命掠夺的土狼。我们把路面上的铺路石铲掉，堆起了沙袋、家具、木板，所有能用的东西都用来堆街垒了……

5月22日

昨天晚上我们在蒙马特公墓干活。越来越多的炮弹向我们袭来，夜幕都被照亮了，空气中弥漫着火药的味道。

"就像是敲响了时钟一样，"路易丝蹲在我耳边轻声说，"死亡之钟。"

有人喊道我们的士兵射得太近了，没有打到敌人，反而打到了自己人。我们把伤员运送到野战医院，然后把这个情况告诉了一位公社战士，他答应我会把信息传出去。但是当我回到公墓的时候，战火依然在墓地上燃烧着。一枚炮弹刚好落在离我很近的树丛里，我满身都是炸出来的树叶……可是我不害怕。我不再问明天会不会还活着。我的每个动作都不需要经过思考，我的每个动作都是必须要做的：给伤员止血、用纱布包扎伤口、拖动伤员，把伤员的枪支递给健全的人。在干活的间隙，我会裹着一件散发着汗味和火药味的旧军大衣睡上几分钟或者几个小时。我们吃饭也不定时，有东西送来就吃。我一有空就在日记本上匆匆写下几笔，这个习惯支撑我度过这段日子。

凡尔赛政府开始向巴黎发动进攻。激战在街道上展开。

5月25日

市政厅起火了。杜伊勒利花园也烧了起来。好像是公社的一些妇女泼上了汽油，然后点燃了火……我也不知道是不是真的。每时每刻都能听到齐射的声音，响声越来越近。今天早上天刚刚亮，我在墓地里遇到了一个游荡着的小女孩。我没问出她的名字，也不知道她从哪儿来。也许是来自昨天被凡尔赛政府占领的几个街区：她的袍子沾满了血，但是她自己没有受伤。她只是嘶哑着嗓子不停小声重复着："他们杀了所有人……他们杀了所有人。"

　　只要一有机会，我就准备把她带到学校去，米歇尔夫人会照顾她。我把她抱紧，为了让她平静下来，我轻轻地哼唱：

　　　　这时光多么短暂
　　　　樱桃成熟的时节
　　　　让我们一起去
　　　　一边做梦一边采摘
　　　　耳坠子般的红樱桃

　　街垒上的妇女们大声地唱着我唱过的歌。热风刮来呛人的黑烟，还有像黑蝴蝶般飞舞的烧黑的纸片——又有人死去了！

5月30日

　　昨晚，路易丝被逮捕了。

　　我坐在学校厨房里，一切都是那么熟悉而又安静。在我前面，是我在蒙马特公墓遇见的小女孩。她用破布片做了一个粗糙的娃娃，她边唱歌边摇晃着娃娃，眼神还是呆呆的，每次外面响起枪炮声，她都惊跳一下。骇人的齐射声时不时响起。凡尔赛军队向民众开枪，向街垒上抓到的起义军，还有无辜的提着牛奶罐回家的妇女开枪，他们认为她是提着汽油的纵火犯；还有孩子，只要他们的手指沾有火药粉的黑迹，或者他们脖子上有红色的围巾就难逃一死。那些好不容易从普鲁士军队的包围中存活下来的穷人能逃过这次大屠杀吗？

我还活着，这多亏了一个因为可怜我而没有揭发我的陌生人。她为什么要救我？而那些和她地位相似的上流社会的妇女，正拿着她们的小阳伞抽打着被枪决的公社战士的脸。

我对在街垒上度过的最后几个小时印象很模糊。抵抗的士兵一个接一个倒下了。天在下雨，没有命中目标的子弹把百叶窗都打破了，墙上的石灰掉在地板上。红旗上布满了弹孔，但是仍然插在两块砾石中间飘扬着。我听到有人喊："我们快没有子弹了！"

我想找路易丝，但是周围浓烟滚滚，我辨不清那些像幽灵般窜动着的人影了。我把那个孩子紧紧地抱住。她一动不动也不叫喊，但是我能听到她心脏怦怦跳动的声音。

"快走，孩子。"

谁在说话？是一个留着大胡子的年轻人，他额头上系着一条溅着血的布条。

"快走，趁现在还来得及。回家去。如果他们抓住你，会把你像别人一样钉到墙上去的。等等……"

他让我站起来，把我套在袍子外面宽大的公社制服脱掉。

"走吧，孩子！"

他在我肩上推了一把。我踉跄了一下，然后开始直直地往前跑，同时紧握住那个小姑娘的手。在布朗什街的转角，有些人正要强行闯入一幢屋子。我认出了他们的制服：是凡尔赛军队。我来不及逃走了。我闭上了眼睛。我要死了。一股巨大的疲惫感向我袭来，我突然没有了逃生的力气。

"快来！你不能待在那儿！"

一双手伸过来，把我拉到一处幽暗的门廊下。站在阴影里的是一个又高又壮的女人，她长得像一只鹰，双眼乌黑，有一个鹰钩鼻。她穿着一身灰色丝绸做的优雅行头，袖子上别着三色的袖章，这是凡尔赛政府的颜色。

"还这么小，天哪！"她自言自语。她把手放在小姑娘的头发上，她的手保养得很好，还戴着一枚巨大的钻石戒指。

"这是你的小妹妹？"

我撒谎道："是的。但是她不会说话了。她太害怕了。"

"你们的父母可真不负责。"她严厉地说。

"我是孤儿。"

她摇了摇头，然后突然扯下她的袖章给了我。

"拿着这个，这样你们就能安全通过。"

学校的院子荒芜了。我绕到学校后面，从厨房里进来。路易丝养的狗菲奈特和猫一起被关在厨房里：可怜的小家伙们直叫唤。我正准备进屋，隔壁窗户探出个头来。

"他们把她抓起来了！"

我感觉我的心脏停止跳动了。

"谁？"

"米歇尔夫人。他们是来抓她女儿的，她女儿不在，就把她抓了。"

"他们把她带到哪儿了？"我问。

"我不知道……去问对面咖啡馆里的人，那里有一个哨所。不过如果我是你的话，我就先躲起来！"

对面的百叶窗关上了。

"胆小鬼！"我咬着牙，心想，你们家里没有面包或者没有煤炭的时候，你总是来敲这扇门，她总是会给你想要的！她那么慷慨，只要你开口，她甚至连自己的衬衫都会给你……

我的眼里都是泪水。我把小姑娘带到厨房，热了一点汤给她。我把刚才救了我命的袖章取下；我气死了，正想把它丢进火炉里，却突然改变了主意，也许它以后还能派上用场。然后我就躺到一张长凳上，穿着衣服。我想在这里等路易丝，万一她回来……那个小姑娘抱着我的脖子，我们睡着了。

5月31日

当路易丝得知这一消息，立刻跑到了对面的咖啡馆。她向人借了一条灰色裙子和一顶宽边软帽——她看上去就像是一个温和平静的家庭妇女。我跟着她一起出了门，那个小姑娘也拽着我的裙子一起跟了去。

"你们本来是要抓我的，却抓了我妈妈。"她劈头就问那边的一个军官，"你们对她做了什么？"

"现在这个点儿，她应该已经被枪决了。"军官冷漠地回答。

"那你们也把我抓进去吧！你们把她带到哪儿去了？"

"37 号堡垒。"

她转过身来，把一样东西放到我手里：是她的钱包。

"这是给你还有给小家伙的。不要再跟来了，玛蒂尔德。这回，我不许你跟来，你听到了吗？"

说完，她就头也不回地跟着两个士兵走了……

米歇尔夫人被释放了。她哭得稀里哗啦，只知道不停地重复说："他们不会枪决妇女的，玛蒂尔德。是路易丝告诉我的，她应该知道的。"

但我感觉她说这些只是为了让自己安心。

6月3日

蒙马特区公社委员会的一个朋友来看我，我在这儿不写她的名字了，以免这篇日记被人看到而把她暴露了。她说路易丝还没有被枪决，她和很多女人一起被关在撒多利①，里面还有埃克斯科丰夫人。

我又想起了我的梦。我看到她被人群抓住，我知道她要走向死亡，那甚至是她自愿的。我已经做好了准备，准备随时听到她被枪决的消息……

6月5日

我想让小卢迪维娜和人更加亲热点。卢迪维娜是我给她起的名字，她还是不和人说话。她现在应该有七八岁了，但她又瘦又小，让人以为她才五六岁。我按她的尺寸给她做了一条裙子和一件短上衣，还特意为她从箱子里拿出了隆尚老爹的玩具小柱子和五颜六色的画片，但是她碰也不碰那些玩具，只是远远地看着，好像它们是会伤害人的危险品似的。

6月15日

路易丝被转送到凡尔赛的尚提耶监狱去了。如果

_____
① 译注：凡尔赛的一个区。

看守监狱的人允许我们进去的话，我们明天去看她，给她带一些衣服和生活用品。我准备把卢迪维娜交给布兰夫人看管。

6月16日

我们在一辆挤满了人的车子里度过了一段疲惫的旅程，陪伴我们的是炎热、灰尘、苍蝇。我带了一只很大的篮子放在双腿之间，这让我对面一个穿着工人罩衫的大胖子很不舒服，他一直在大声嚷嚷着："公社成员都是些不做正经事的懒鬼，没事找事干的人，他们就是群疯子，把巴黎搞得乱七八糟。"他恶狠狠地斜着眼看我。所幸的是，我长了个心眼，戴着红白蓝三色的袖章。

我们到了监狱，可是不让进。一个守卫的士兵拿了我们的篮子，许诺说"一定会转交"。我在里面放了些手绢、一条衬裙、一条披肩、一大块面包和一小块奶酪。

"这些东西，你的朋友连一小片碎屑也不会吃到的，"这时正好有一个女人从里面走出来，她说，"这些恶棍会都拿走的。"

她脏兮兮的，衣衫褴褛，眼睛深深凹下去，十分吓人。

"他们把我放了，"她对我们说，"那是我走运，我的老师是个作家，他给我做了担保。那多亏了我的老师心不在焉，他根本不知道我给街垒上的士兵送过汤……愿上帝保佑他！里面就像地狱一样。这十天我们就睡在地板上，昨天他们总算给了我们一点点稻草。守卫们在我们喝的水里撒尿，到处都是臭虫……"

听了这些话，米歇尔夫人开始发抖。我连忙把她拉到一边，对她说了些安慰的话，但其实我自己也不大相信我说的话。

在回去的路上，我们都不说话。我只是默默看着车外面高高的树、翠绿的树叶、碧蓝的天空，还有精心修剪的花园里冒出的鲜花，这所有的美丽都把我们的不幸衬托得更加不幸。

过了几天

　　路易丝被送去凡尔赛管教所了，那是罪行最重的人才去的地方，但是那里的生活条件要好一些。犯人们可以洗澡、换衣服，还可以接受探访和看病。昨天我见到她了，虽然只有短短几分钟。她没有为生活条件的改善而有一丝高兴，反而十分担心被留在尚提耶的犯人，那些人都落在野蛮人的手里，他们严刑拷打犯人，让他们揭发自己的父亲、叔叔、老师……有一个叫勒布朗的女人几天之后就要生产了，那个小生灵的命运会是多么残酷啊！我一直以为自己已经够不幸了，但现在我才明白，我经历的还不是最糟糕的。

　　今天早上，卢迪维娜第一次愿意到院子里走走。我透过窗子看着她，数着她犹犹豫豫的步子：她每走出一米，都是一次小小的胜利。

她经常做噩梦。我把她抱到我的床上去睡，这样，她就睡得安稳些，而我也不会感觉那么孤单了……

12月16日

今天早上 11 点半，对路易丝的审判开始了。当路易丝由士兵押着走进审讯大厅的时候，人群一阵骚动，大家纷纷注视着她。她全身黑衣，戴着一块面纱，当法官宣读起诉书的时候，她撩起面纱，注视着法官。她就像我第一天看到的那样，那么平静、安宁，她美丽的眼睛里燃烧着火焰，也满含思绪……她看到我一个人坐在长凳上，便朝我微微一笑，就像以前一样，她的勇气和平静又让我充满了信心。

路易丝被起诉犯了最恶劣的暴行——煽动人群

施暴，鼓吹战争，以阴谋诡计杀死人质。他们称她是"嗜血的恶狼"！而她居然丝毫不反驳！

"我献身于社会革命。"当陪审团主席让她解释的时候，她这么说道，"我愿意为我所做的事承担一切责任。"

证人们纷纷做证，里面有我认识的一些女人，她们的孩子还受过路易丝的照料和教育呢！"她可活跃啦……我们经常在俱乐部看到她！"我们街区的一个小商贩普兰夫人说。还有人说："她号召大伙杀人。"另一个人说有天看到路易丝坐在一辆车上，像一个皇后一样对巴黎公社挥手致意。所有的这些谎言真让我直想吐。

她自己请求被执行死刑。

"我想要的只是在撒多利执行死刑，因为那里倒下了我们那么多同胞！"她喊道。

像费勒先生，像许多其他人那样被枪决……为什么？难道死的人、流的血还不够多吗？

我大喊了一声："不!"或许我只是在做梦，因为周围的人并没有转过头来看我。我浑身发抖。当全体审判员离席进行磋商的时候，我走出大厅，因为我觉得那里的空气已经无法呼吸了。外面的冷空气让我感到舒适些，但是我很快就回来了，因为判决随时可能被宣布。

⊙

她被判终身关押在集中营做苦工。

12月24日

已经很晚了，但我知道自己今晚睡不着。卢迪维娜在我的床上睡着了，被子一直盖到下巴上。她长长的睫毛在苍白的脸颊上投下一道淡淡的影子，她的嘴唇有规律地吐着气息。门外是静谧又寒冷的冬夜。天上一颗星星也没有。我在肩上披了一条棉被，把桌子拉到窗前。我再也不想让自己躲在墙后面了，再也不要。

过一会儿，我会把我给卢迪维娜做的假领子藏到她的鞋子里，还有一些用我们省下来的糖做成的糖果。米歇尔夫人只有一笔小小的收入，我们都得省吃俭用。

今年，我没有心情庆祝圣诞了……但是我可不想让卢迪维娜知道。她对圣诞节有怎样的回忆呢？一家人团圆在灯下围着桌子吃饭，早上，拖鞋里滚出橘子、棒棒糖来……还是苦难、污垢，别人的拳打脚踢？她是那么柔弱，那么战战兢兢和沉默寡言，就像是一只受伤的雏鸟。我从她身上看到我的童年，还有我童年的恐惧。

为了她，我要坚强起来。

午夜。远处传来一阵喧闹的铃声。如果能回到仁

慈的上帝手中，那该有多好！但是在梦想前往天国之前，平等与博爱不是首先该在人世间建立起来吗？

我趴在散乱的日记本上睡着了。灯灭了，我点燃了一支蜡烛，烛火跳动着，冒出一缕黑烟。

天亮之前，我想讲述一下今天发生的事。我感觉这件事很重要。以后，当我重新读日记的时候，我会想起每一个细节。

4点钟，天已经很暗了，但为了节约灯油，我们没点灯。米歇尔夫人在她的椅子上织毛衣。她经历了那么多的痛苦，现在只关心一些极小的事。她一想到她的女儿被关在集中营，就哭个不停，但是一角蔚蓝的天空足以让她开心，又或者是温暖的炉火、静谧的夜晚——又或者是我盖在她犯风湿病痛的双膝上的毯子。

卢迪维娜蜷缩在火炉旁边，翻看着一本画册。她时而会指着一张图片，用询问的眼神看着我，那时我就会和她说"这是树""花""气球"等等。她一直不说话，但看得出她一直在努力：有时候她的额头会憋得通红，静脉也鼓了起来，好像快透不过气来似的，那是她想试着说话。这时我就会轻轻地爱抚着她，让她平静下来，然后她马上就会回到沉默的状态。

4点半的时候，有人敲门。

是贝尔纳夫人。

她在这个区！手上戴着卷毛羊羔皮的手笼、身上穿波兰样式的皮袄、头上还有顶帽子……

她立刻过来拥抱我，跟我说了许多话，说我长得真快，怎么那么瘦，这火炉只烧这么些煤屑，难道我不冷吗……她告诉我她丈夫最终决定接受波尔多剧院提供给他的职位，而且他"有很好的前景，两年之后有机会成为交响乐队的领队"。

"去准备你的行李，"她对我说，"我带你走。这回，你没得选！我们从报纸上知道……我可怜的孩子！我一想到你对这个女人的信任……"

这个女人……

这个词就像是一个耳光扇在我脸上，我的心里愤怒极了。我微笑着回答说："和你们一起走？但是，您看……我不是一个人……"

我的目光扫过这小小的屋子和我的几个同伴：有些痴痴呆呆的米歇尔夫人，一动不动又不说话的卢迪维娜，靠着腿睡得正香的黄狗，还有桌子底下的猫。

贝尔纳夫人拽住我的手臂，把我拉到走廊。

"我的小玛蒂尔德……这个孩子就是半个痴呆，这个老妇人最好应该送去慈善机构。我知道有一家名声还不错……我负责把这些都打点好。别害怕，这些人会得到很好的照料的。"

我有一阵眩晕。她会给我一个未来，一个镀了金的未来，像克拉拉的妹妹那样生活在他们的家庭里，去上学，也许会成为一个艺术家。舒适而安稳的生活……我以前那么向往的生活现在就唾手可得。我只要说"好"，然后任由贝尔纳夫人安排就好了。

　　我拒绝了。贝尔纳夫人遗憾又生气地走了，也许在她的内心深处，反而是松了一口气的。

　　我点燃了灯。天已经晚了，要开始想着准备晚饭了。

圣诞夜，3点

　　卢迪维娜平静地呼吸着，丝毫不打扰我的清静。在这里，我身边都是我要保护的人。

　　只要我在那儿，米歇尔夫人就会有面包吃。我很健康，我能工作。

　　这个蒙马特公墓的孤女也会长大。

　　路易丝会回来的，我相信她会回来。

　　有一天，我会成为老师。

尾 声

玛蒂尔德遵守了她的诺言。她在蒙马特区做了40年的老师，教了一代又一代蒙马特区的孩子读书认字。克拉拉在1877年结了婚之后回到了巴黎生活。她们的友谊一直延续着，直到一战和二战后，她们同在1946年死去。

路易丝·米歇尔一直在新喀里多尼亚①做苦工，直到1880年才被释放。

小卢迪维娜最后重新开了口，是玛蒂尔德给她上了最初的音乐课……1893年，卢迪维娜在巴黎歌剧院的舞台上演出了歌剧《维特》中夏洛特的角色。

---

① 译注：位于南回归线附近，是法国的海外属地之一。

巴黎公社

1860 年底，法国和欧洲其他国家一样经历了深刻的社会变动：工厂数量急剧增加，城市规模扩大，国家铁路网纵横，运送着旅客和商品，信息以那个时代闻所未闻的速度在传播……法国人的生活在改变，有些人的生活变得更好，另外的人则恰恰相反，在这个新世界里连生存都变得困难。

这些变化带来的结果在巴黎尤为明显。当时巴黎有两百多万的居住者，比今天还要多。该城市由于郊区如蒙马特、帕西等一些村庄的陆续并入而日趋壮大。奥斯曼公爵建造的工程也正如火如荼地进行着，城市到处都是工地。巴黎西边的富人区氛围非常奢侈，光影流转，天天就像过节。与此同时，贫穷在东边的平民区肆虐着，那里聚集着乞丐、孤儿，还有整日与饥饿、疾病、事故、牢狱、娼妓为伍的工人……然而巴黎还是不断吸引着各色人等，做着飞黄腾达梦的人，或是那些仅仅想要在这里糊口的人。

拿破仑三世在1851年发动政变，从原来的共和国那里夺取政权，此后，他仿照他叔叔拿破仑·波拿巴建立法兰西第一帝国的先例，成立了第二帝国。法国的政局自从法国大革命和第一帝国以来，就一直跌宕起伏。有两个主要的派别——共和派和君主派一直彼此对立，虽然这两大派别自己本身内部也存在诸多分歧。还有波拿巴主义者宣称自己结合两者的主张，把君主派和共和派所要求的社会改革相结合。另一些是拥戴1793年"无套裤汉"①的革命者，这些人因为人民生活在苦难中而十分愤怒，他们认为这是资产阶级的责任，他们以一些具体的行动来试图改善人民的生活，比如像路易丝·米歇尔那样组织起学校，因为在那时还没有义务教育。他们接受1848年当权的共和派屠杀起义工人的教训，想要建立起民主共和国——真正服务于选举人的共和国，还有社会主义共和国——关心穷人的福祉，公平分配社会财富。他们以此作为目标，决心要坚持抗争，不惜拿起武器，使

---

① 译注：18世纪法国大革命时代激进共和党人的绰号，因为他们不穿那种贵族式的套裤而得名。

用暴力手段。

　　就是在这样的社会背景下，拿破仑三世向普鲁士发起战争。普鲁士是一个德意志民族的王国，此时正积极统一它周边的其他王国，逐渐崛起成为欧洲中部的一个强大帝国，在未来对它的邻国将造成极大的威胁。战争在1870年7月19日宣布开始，很快，9月2日，拿破仑三世和他的军队在色当被俘虏，法方败局明显。巴黎苦苦抵抗着普军的包围，城市内部的食物储备极其匮乏，市民无法支付房租，由志愿者和被选举出的军官组成的国民自卫军坚守着巴黎。当时有两个问题亟待解答：应该继续战争、苦苦抵抗还是和平休战？取代帝国的应该是哪种制度，是9月4日宣布建立的新共和国还是君主国？军事状况给出了问题的答案：所有企图击退侵略者的军事行动都接连失败了。1871年1月28日，双方签署了停战协议书。2月8日选举出的议会想要休战，但是大多数巴黎人民则希望继续战斗。此外，国民自卫军拒绝交出武器，他们在3月份成立了中央委员会。阿道夫·梯也尔——由君主派后来改投共和派——是当时共和政府的领导人，他坚决要休战，要让巴黎人民服从他的决定。

当时的梯也尔政府在凡尔赛办公，他们决定重新收取房租，并通过扣发军饷，武力夺回原国民自卫军架在蒙马特的大炮（3月18日）等行为解除国民自卫军的武装。听闻此消息，整个巴黎的市民群情激愤。政府人员和一些富裕的巴黎人离开了巴黎，中央委员会夺取了巴黎政权，在市政厅办公。3月26日，公社选出90个成员，宣告成立。公社以红旗作为标志，宣布政教分离（4月2日），教育免费且世俗化（5月19日），再次减免房租（3月29日），重建被废弃的作坊（4月16日）……公社的革命者在此背景下想要将革命进行得更彻底，他们想要建立起真正的民主，即全民参与，不仅仅是由选举出的代表，而是由全民直接投票选出公社，各个公社联合组成共和国。在3月22日至4月4日期间，法国其他城市也爆发了成立公社的起义，但是都以失败告终，只有巴黎公社一枝独秀。

4月3日，巴黎公社战士想要进攻凡尔赛，但是行动失败。行动的幸存者退回巴黎，并且准备抵御包围。4月11日，妇女联合会成立，一起共同抵抗进攻，照料伤员。梯也尔做了周密部署与计划来镇压起义的巴黎人民，他要熄灭所有想要抵抗现有政权的革命思想。凡尔赛军队自5月21日起开始进攻巴黎，铲平了一个又一个抵挡它的街垒，逐渐深入巴黎。5月22日到5月28日，爆发了大规模对革命人士的暴力镇压，被称为"五月流血周"，大约有2万人未经审判即被执行死刑，该数字还未算入在抵抗中战死的人，死亡人数大约有3万人，其中包括1000名凡尔赛士兵。巴黎公社战士焚烧了市政厅、杜伊勒利花园、立法大楼来回击，并且杀害了一些人质来进行报复，其中包括巴黎大主教达尔博。

最终的镇压行为还包括：7500人被判去新喀里多尼亚做苦工，其中包括路易丝·米歇尔，数千人逃亡他国……巴黎革命与工人运动自此陷入无人领导的局面。

1873年5月24日，梯也尔被迫辞职；1875年1月30日，国民议会通过投票，以法律形式最终确立了共和制。1879年和1880年，颁布了两条赦免法令。1880年5月23日，在最后一批巴黎公社成员被枪决的地点——拉雪兹公墓，人们在巴黎公社纪念墙上第一次书写了对这次革命的纪念。

《樱桃时节》

当我们唱起《樱桃时节》

快乐的夜莺、调皮的黑鹂

都会随之歌唱……

《樱桃时节》是法国诗人让-巴蒂斯特·克莱芒在1867年写下的诗。

诗人克莱芒是巴黎公社委员。公社失败后，他逃往英国，被梯也尔政府缺席判处死刑。1885年，他出版了《歌曲集》，在这首《樱桃时节》前面加上了一段题词："献给1871年5月28日在街垒勇敢战斗的女护士路易丝公民"。

《樱桃时节》由勒纳尔谱曲，传唱至今，被誉为"世界最美的情歌"（著名表演艺术家雅克·布莱尔语）。在纪念巴黎公社的歌曲中，它与高唱"英特纳雄耐尔就一定要实现"的《国际歌》齐名。

大事年表

1870 年 7 月 19 日：法国对普鲁士宣战。

9 月 2 日：色当失守。拿破仑三世及其军队被俘。

9 月 4 日：法兰西第三共和国在里昂和巴黎宣布建立。

10 月 27 日：巴赞率其军队在梅斯投降。再也没有任何力量抵挡普鲁士军队的进攻。

1870 年 10 月底—1871 年 1 月底：在巴黎的北部勒布尔热和东部尚皮尼突破普军包围的军事行动均告失败。选举和游行表达了巴黎人民想要抵抗的意愿。

1871 年 1 月 28 日：停战协议签署。

2 月 8 日：议会选举产生，17 日，梯也尔被选举成为政府首脑。

2 月 15 日：国民自卫军联盟成立。

3 月 1 日：议会接受了和平协议，10 日，议会迁至凡尔赛宫。

3 月 1 日至 3 日：普鲁士军队占领香榭丽舍大街。巴黎挂黑旗。

3 月 15 日：国民自卫军联盟选举出中央委员会。

3 月 17 日：梯也尔在巴黎召开部长会议，决定撤回蒙马特高地的大炮。

3 月 18 日：政府撤回大炮失败。政府迁至凡尔赛宫。

3 月 26 日：巴黎公社通过选举成立，28 日在市政厅这一事实被庄严宣布。

4 月 2 日：库尔布瓦（位于巴黎西北部）被凡尔赛军占领。

4 月 3 日至 4 日：巴黎公社战士攻占凡尔赛失败。弗洛朗丝和杜瓦尔[①]被枪决。

4 月 5 日：巴黎公社发布政令：如果凡尔赛军进入巴黎，人质将被枪决。

4 月 19 日：巴黎公社向法国人民公布建立社会主义民主联邦共和国的计划。

5 月 9 日：凡尔赛军夺取了伊西堡垒（位于巴黎东南部）。

5 月 19 日：颁布教育世俗化的政令。

5 月 22 日至 28 日：五月流血周。

---

① 译注：两人均为工人运动活动家，巴黎公社进攻凡尔赛的指挥者。

路易丝·米歇尔（1830—1905）的肖像

相关作品

值得一看的书

《暴动的巴黎》，雅克·鲁热里著，"发现之眼"系列，伽利玛青少年出版社

《人民的呐喊》（四卷本漫画），让·沃特兰和雅克·塔尔迪著，加斯特曼出版社

《巴黎小男孩巴斯蒂安》，贝朗特·索莱著，希罗斯出版社

《一个孩子的工业革命日记》，蒂埃里·阿普利尔著，伽利玛青少年出版社